JN062252

アンジェリカ
オリヴィア
ている。

「ルクシオンが用意した
水着だから間違いない」
『間違っていると思います』
呼ばれたルクシオンが、リビアに告げ口する。
『ビキニを指定したのは
マスターですよ』
ノエル
「おい、言わないって約束だろ！」
『私は了承した覚えがありません』
婚約者三人にビキニの水着を用意させたのが、俺であると判明して周囲が呆れかえ

乙女ゲー世界はモブに厳しい世界です 11
THE WORLD OF OTOME GAMES IS A TOUGH FOR MOBS.

CONTENTS

THE WORLD OF OTOME GAMES IS A TOUGH FOR MOBS.

プロローグ

夏期休暇を目前に控えた学園では、浮ついた雰囲気の生徒たちが目立ち始めた。

学園で出来た友人を実家に誘う者。

共にどこかに遊びに行こうと計画する者。

やむにやまれぬ事情で、王都のダンジョンに挑む者。

長期休暇という自由な時間をどのように過ごすか、と期待している生徒たちが多い印象だ。

そんな中、俺【リオン・フォウ・バルトファルト】は、学生でありながら正式に公爵という爵位を持つ――押しつけられた可哀想な人間だ。

長期休暇を無駄に過ごすという学生の特権を奪われ、国政に強制参加となっている。

今も、王宮に向かうための準備をしていた。

装飾の多い儀礼用の騎士服に袖を通し、胸を飾る勲章を取り付けてもらっていた。

姿見の前に立つ俺は、心底嫌そうな表情を浮かべている。

「ローランドの奴、俺を呼びつけるとは何様だ」

わざわざ騎士服を引っ張り出して着替えている理由は、国王【ローランド・ラファ・ホルファート】に呼び出されたからだ。

王宮に来い、と一方的に呼びつけられた。

不満に思っても仕方がないと思っていると、俺の胸に勲章を一つずつ取り付けているオリヴィア――【リビア】が答える。

「何様も何も、王様ですよ」

俺の準備を手伝うリビアは、表情を変えていない。

愚痴だと理解しながら、律儀に答えてくれたのだろう。

「王様なら、もっと尊敬できる人物であって欲しいね」

「まぁ、それは確かに」

俺の意見にリビアも苦笑しながら同意をした。

愚王、怠け者、屑、女の敵――陰で色々と呼ばれているホルファートの王様は、貴族たちにとっては憎らしい存在だからな。

これが立派な王様なら尊敬し、忠誠を誓う貴族も現れただろう。

しかし、仕事を王妃様である【ミレーヌ・ラファ・ホルファート】に押しつけ、自分は城下町で女遊びを繰り返している男だ。

尊敬しろというのが無理な話だ。

そして、俺にとっては最大の敵でもある。

何しろ、昇進を嫌がる俺を出世させ続けた張本人だ。

これが何かの勘違いなら救いもあるのだろうが、本人は俺が昇進を嫌がると知った上での行動だ。

本当に質が悪い。

リビアが勲章を確認し、俺の姿を見て数回頷いた。

「これでよし。リオンさん、素敵ですよ」

「馬子にも衣装ってね。それらしい恰好をすれば、俺だって立派に見えるさ」

肩をすくめると、リビアは呆れた表情で小さなため息を吐く。

「たまには素直に褒められて下さいよ」

姿見に映る自分を見ると、リビアに手伝ってもらったおかげで、随分と様になっている。

着替えも早く終わった。

「リビアのおかげで助かったよ。これ、着るのも大変でさ」

「リオンさん、普段は粗雑な恰好が好みですからね。シャツとズボンだけ、って日も珍しくありませんし」

「育ちだね」

「ご実家の皆さんはしっかりしているので、個人の資質ですよね」

――最近のリビアは、俺に厳しい。

いや、婚約者たち全員が、俺に対して遠慮がなくなっていた。

それが悪いとは思わない。むしろ、個人的には好ましく思っている。

ただ、俺だけがだらしないと思われるのは心外だ。

「リビアは親父や兄貴の本性を知らないな。俺たちバルトファルト家の男は、夏はパンツ一枚で湖に飛び込むのが習わしだ。粗雑の極みだぞ」

子供の頃など裸で湖に飛び込んで遊んでいた。

去年はコリンが裸だったが、流石に今年はパンツくらい用意しているだろう。

先程まで余裕の態度だったリビアが、俺から視線を逸らして顔を少しだけ赤らめている。

俺の話を聞いて恥ずかしくなったようだ。

「ご家族には女性もいるのに、何をしているんですか」

バルトファルト家の女性陣の顔を思い浮かべる。

お袋、ジェナ、フィンリーの三人だ。

だが、野郎の裸を前にしても少しも驚いていなかったし、三人揃って無関心だったな。

「みんな気にしてなかったよ。まぁ、家族なんてそんなものだよ。リビアの家族は？」

リビアは顔を赤らめたまま答える。

「男の兄弟がいなかったので、その辺の事情はわかりません」

それは残念――でもないのか？

リビアは恥ずかしさを紛らわせるために、握った手を口元に持っていき咳払いをする。

「とにかく、準備は終わりです。黙っていれば素敵なんですから、謁見の間では口は閉じていて下さいね」

随分な言われようだ。

まるで俺が、口を開けば残念な男みたいではないか。

――悪戯心が芽生えた俺は、リビアに体を寄せる。

「そんな風に思われていたのは残念だな。よく勘違いをされるが、リビアは本当の俺を知ってくれていると思ったのに」

腰に手を回して抱き寄せると、リビアが急に慌てだした。

「リ、リオンさん！　からかっていますよね？　ね!?」

「さあ？　何のことかな？」

腕の中で困ったように離れようとするのだが、その抵抗は弱い。

形ばかりの抵抗の中には、騎士服を乱してはいけないという思い。それと同時に、この状況を受け入れているのが見て取れた。

顔を近付けていくと、観念したリビアが動きを止めて目をつむる。

アゴを上げてキスをする体勢になったところで――。

『いいわよ、二人とも！　そのまま！　そのままよ！　記録として永遠に映像に残すから、こっちは気にしないで』

――雰囲気をぶち壊すのは、空気が読めない、いや、読まない人工知能の【クレアーレ】だった。

空中に浮かぶ球体には、青いレンズが一つ目のように存在する。

レンズの中ではリングが動いており、拡大や縮小を調整しているようだ。

クレアーレの声を聞いて、パッとまぶたを開いたリビアの顔は赤くなっていた。

顔だけをクレアーレに向けると、恥ずかしそうに、そして恨みがましい目を向けていた。

「――アーレちゃん」

『あら、恥ずかしがって可愛～い』

クレアーレに覗かれていたことに気が付き、俺も慌てて取り繕う。

「何で覗くんだよ！　さっさと出て行け」

『いました～。最初からここにいました～』

悪びれもせず、自分は最初からここにいたと主張してくる。

だからか、この場から出て行こうとしない。

『マスターとリビアちゃんが、急にいい雰囲気になっただけなの。これは覗きじゃないわよ』

「本当にお前たちは、よく口が回る人工知能たちだよ」

『褒め言葉として受け取っておくわ』

何を言っても応えないクレアーレに、俺の方が根負けする。

流石に、記録に残ると言われれば俺だってためらう。

リビアから離れようとすると、俺の腰が抱き寄せられた。

「リビア？　あ、あの」

戸惑っている俺の胸に額を押し当てていたリビアが、顔を上げると恥ずかしそうにしながらも見つめてくる。

リビアが俺を見上げる形だ。

そのままリビアは、俺の腰に回した両手を頬に――両手で挟み込んでくる。

簡単に振りほどける力加減だが、不思議と抵抗できなかった。

潤んだ瞳で見つめてくるリビアは、恥ずかしそうに告げてくる。

「途中で止(や)めないで下さい。最後までお願いします」

「そ、それは！」

チラチラとクレアーレを見ると、青いレンズが俺たちを注視していた。

『リビアちゃんてば大胆！』

からかってくるクレアーレをサッカーボールのように蹴りたくなるが、今は我慢してリビアの方を見る。

「え、えっと――はい」

二人揃って顔を赤くしながら、リビアの唇に自分の唇を近付ける。

◇

「あの馬鹿兄貴は何を考えているのよ！」

その頃。

学園の女子寮で声を荒らげていたのは、【マリエ・フォウ・ラーファン】だった。

マリエは、話し合いに顔を出さない前世の兄に憤っている。

そんなマリエの相手をするのは、リオンの相棒である【ルクシオン】だ。宙に浮かぶ金属色の球体で、赤いレンズを一つ目のように持っている。

電子音声ながら、やや呆れを含んだ声色でマリエに付き合っている。

『ヘタレが改善したのは成長と言えますが、今度は調子に乗っていますね。今も、オリヴィアと粘膜的な接触をしています』

クレアーレからもたらされた情報を、マリエに知らせてくる。

聞かされたマリエはたまったものではない。

前世の兄の恋愛事情など、知りたくもなかった。

「粘膜って言うなよ！　余計にいやらしく聞こえるでしょうがぁ！」

『了解しました。それでは、〝キス〟をしていると訂正します』

「兄貴の生々しい話をしないでよぉぉぉ!!」

マリエの叫び声を聞いて、ルクシオンは本当に少しだけ――楽しそうにしていた。

『マリエの反応は観察し甲斐がありますね』

「私を何だと思っているのよ？　それより、兄貴がいないまま話を進めるの？」

本当であれば、今日はリオンとマリエの二人――そこに人工知能を加えて、今後の対策を練るはずだった。

マリエは最近の状勢に頭を悩ませる。

「ラーシェル神聖王国だっけ？　そこが盟主になって、王国の周辺国と手を結んで攻めてくるのよね？」

大雑把なマリエの説明に、ルクシオンが補足を入れる。

『まだ攻め込んできてはいませんけどね』

「いずれ来るんでしょ？」

『それは、本日の謁見次第ですね。ラーシェル神聖王国から、ホルファート王国に使者が訪れて、国王ローランドと謁見します。謁見にはマスターも参加しますよ』

リオンが王宮に呼び出された理由は、ラーシェル神聖王国から使者が来るためだ。

その使者が何を言うのか？

ホルファート王国の貴族たちは強い関心を持っており、頼んでもいないのに次々に王都にやって来ている。

貴族たちが王宮に押し寄せていた。

「その前に話をしたかったのに、ここ最近はずっと女、女、女、じゃない。馬鹿兄貴は、王様に文句を言う資格はないと思うの」

女癖の悪いローランドのことを常日頃から悪く言っているが、最近のリオンも女性との付き合いを重視していた。

特に、婚約者相手に重点を置いている。

『相手は婚約者であるアンジェリカ、オリヴィア、ノエルの三名です。問題はありません』

「問題だらけよ！　この大事な時に、やれデートだ、お茶会だ、と理由をつけて話し合おうともしないじゃない！」

頭を抱えて身悶えするマリエを見るルクシオンは、赤いレンズの中のリングをせわしなく動かしていた。

マリエの様子を記録していた。

『身内が取られて寂しいのですか？』

「違うわい！」

マリエは近くにあったクッションを手に取り、ルクシオンへと投げつける。

ルクシオンは避けられたが、それをせずクッションに当たった。

たいしたダメージでもないため、避ける必要がなかったのだろう。

『婚約者たちと良好な関係を築くのは、マスターにとって重要です。これまでが、あまりにもお粗末すぎただけですよ』

「それは同意するわよ。でも、婚約者が三人もいる時点でおかしいでしょ。てか、あの兄貴に婚約者が三人もいるとか奇跡よね」

それを聞いていたルクシオンは、マリエに言う。

『――マリエには籠絡した男性が五人存在しますが？』

「はうっ！」

可愛らしい悲鳴を上げるマリエだったが、胸を押さえると苦しそうにその場に膝から崩れ落ちた。

血の気が引いた顔で、体をプルプルと震わせている。

リオンを責めたマリエだが、その言葉は自分にも跳ね返って胸を刺してきた。

「止めて、言わないで。反省しているのよ。でも――でも――みんな、離れようとしないのよ。私は解放したいと思っているのに、誰一人離れてくれない！」

涙目のマリエは、籠絡した五人の男性――かつては貴公子だった攻略対象五人を、一度は解放しようとした。

しかし、何を思ったのか、彼らはマリエの側を離れようとはしなかった。

『マリエの話はここまでにして、先程の話に戻りましょうか。確かに、最近のマスターは調子に乗り過ぎています。婚約者を優先しすぎて、その他のことが疎かですから』

どこか余裕が出てきたリオンに、ルクシオンはからかい甲斐がないと言い出す。

マリエは顔を上げる。

「糞面倒な兄貴よね。ヘタレ具合が弱まったかと思えば、今度は調子に乗って女遊びよ。いつか絶対に刺されるわ。というか、一回刺されればいいのよ。そうすれば、目も覚めるでしょ」

『それはあり得ません』

「何で？」

『マスターの生命は、私が守りますので』

ルクシオンを見上げるマリエは、頬を引きつらせる。

「――あんたが一番、厄介な存在に思えてきたわ」

『厄介？　理解できません。説明を求めます』

王宮の謁見の間。

大きな窓ガラスからは、太陽の光が差し込んでいた。

魔法で温度を管理しているが、周囲には王宮に押し寄せた貴族たちが大勢いる。

その圧迫感で汗が出てくる。

ただ、俺の意識はローランドと向かい合っている男に向かっており、汗など気にしていられなかった。

スーツ姿の優男(やさおとこ)は、大声を謁見の間に響き渡らせている。

芝居がかった台詞が鼻につく感じが、周囲の人間たちを苛立たせていた。

「ラーシェル神聖王国の神聖王(しんせいおう)――偉大なる陛下は、この状況を憂えておられます。強大な力を手に入れた外道騎士(げどうきし)！　その傍若無人な振る舞いは、王国周辺に存在する全ての国家の安寧と平和を乱す元凶そのもの！」

優男の視線が、端の方で大人しくしている俺にチラリと向けられた。

その瞬間、謁見の間にいる大勢の視線が、俺に注がれる。

優男は身振り手振りを加えて、ローランドの前で声を張り上げる。

「ホルファート王国の国王陛下へお願いしたい。平和を望むのならば、外道騎士が持つ全てのロストアイテムを他国に分散させるべきではありませんか？」

外道騎士――いつの間にか俺の二つ名にされているわけだが、ラーシェルでもこのように呼ばれているとは嫌になる。

そんな俺から、ロストアイテムを奪おうという考えも気に入らない。

だが、話は最後まで聞くべきだろう。

俺が黙って周囲の様子を確認すると、玉座に座るローランドがニヤニヤした顔をしていた。

苦々しい顔をしている俺を見て、随分と嬉しそうにしている。

「ほう、それはつまり、公爵が持つロストアイテムを他国に譲れと？」

ローランドの隣の席。

王妃様の席には、ミレーヌさんの姿がある。

黙ってラーシェルの使者を見つめているが、その姿は気品に満ちあふれていた。

普段と違う冷たい視線は、まるで氷の女王である。

この人を見るために、来たくもない王宮に顔を出したようなものだ。

あぁ、美しい――と、現実逃避をするのもここまでだ。

ラーシェルの使者は俺を一瞥すると、口角を上げた笑みを見せた。

「それでは足りませんね。アルゼル共和国から手に入れた、聖樹とその巫女も手放してもらわねば」

その発言に謁見の間がざわつく。

貴族たちが、口々に俺の擁護に回っていた。

「巫女は公爵の婚約者の一人だぞ」

「自分の妻を差し出せ、とは大きく出たな」

「交渉する気があるのか？」

ただ、参加していた貴族の一人――レッドグレイブ公爵家のヴィンスさん、アンジェパパは無表情だった。

今やレッドグレイブ公爵家とは手を切り、敵対とはいかないまでも険悪な関係になっている。

俺の擁護はするつもりがないらしい。

黙っている俺を見た使者は、更に続ける。

「いっそ婚約者全てを王国以外で管理すればどうです？　外道騎士殿――いや、リオン殿が外国に通えばいいのです。婚約者との面会はさせてあげますよ」

あまりの要求に声も出ないが――腸（はらわた）が煮えくりかえる思いだった。

何もかも差し出して、ラーシェルの顔色を窺う生き方をしろ、と言われている。

俺の右肩付近に浮かび、姿を消しているルクシオンが話しかけてくる。

周囲には聞こえていない。

『交渉する気がないのでしょう。ここまで勝利を信じて疑わないラーシェル神聖王国には、何か切り札でもあるのでしょうか？』

ラーシェル神聖王国の切り札と言えば、魔装（まそう）モドキだろう。

魔装の破片を取り込み、操る聖騎士（せいきし）という存在がいる。

彼らは命と引き換えに魔装の力を引き出し、たった一度だけ戦場で活躍して死んでいく。

そのことに誇りすら持っているから質が悪い。

——ただ、そんな魔装がいくら揃おうとも、ルクシオンの前には無意味である。

これまで何度も魔装と戦ってきたが、ラーシェルの魔装が一番弱かった。

フィンの持つブレイブ——完璧な魔装と比べると、お粗末すぎる代物だ。

ルクシオンも「脅威たり得ない」と断言している。

だからだろう。ルクシオンは、ラーシェルが魔装に代わる切り札を用意している可能性を示唆する。

俺が口を開こうとすると、先に動いたのはミレーヌさんだった。

普段よりも冷たい口調なのは、ラーシェルという国がミレーヌさんの祖国にとっても敵だからだろう。

「話になりません。交渉する気がないようですね」

ミレーヌさんの言葉を聞いて、使者は目をぎらつかせていた。

「立場を理解されていないのはそちらの方ではありませんか？　ラーシェル神聖王国を盟主とした軍事同盟は、ホルファート王国を包囲しているのですよ。いくらリオン殿が強かろうとも、全ての戦場に出現は出来ないでしょう」

ホルファート王国が一斉に攻め込まれれば、ルクシオンだろうと被害を出してしまう。

しかし、それだけだ。

被害は出してしまうが、最終的に勝ててしまう。

問題は、俺よりも国境を守る貴族たちだ。

王宮に押し寄せた貴族たちの中には、国境を守る者たちもいる。

彼らは一様に苦々しい顔をしていた。

ルクシオンが彼らの気持ちを推測する。

『一斉に攻め込まれれば、私が救援に駆けつけるまで単独で防衛を強いられますね。王国も、十分な戦力を全ての国境には派遣できないでしょう』

つまり、一番の害を被るのは、国境を守る貴族たちだった。

ミレーヌさんは使者に言い返す。

「随分と強がっていますね。公爵の力を恐れ、他国と手を結んでまでこの事態を乗り越えようとする――ラーシェルこそが、一番我々を恐れているのではありませんか？」

ミレーヌさんが「怖がっているのはお前らだろ？」と言うと、使者は張り付けた笑顔が僅かに歪んでいた。

「試してみますかな？」

ミレーヌさんが使者に言い放つ。

「戻って戦の準備をしなさい」

謁見が終わると、ラーシェルの使者が退室する。

貴族たちが堰(せき)を切ったように周囲の人間と話を始めると、雑音を隠れ蓑にルクシオンと会話をする。

「ミレーヌさんは国境が危ういと気付いていないのか？　ちょっと勇み足というか、周りの気持ちを考えた方がいいと思うんだが？」

俺の疑問に答えるルクシオンは、どこか確信しているように言う。

『気付いているはずです。あえて、無視しているのではありませんか？』

「ミレーヌさんがそんなことをするかよ」

『マスターのミレーヌへの信頼は、情欲から来ているのですか？』

「失礼なことを言うな」

玉座を見れば、ミレーヌさんが俺の方を見ていた。

ただ、そこに普段は隠してもあふれ出てくる可愛らしさが感じられない。

俺に僅かに微笑んだ顔を向けてくれているが、どこか冷たい表情に見えた。

使者との謁見が終わった後。

俺は王宮の騎士に声をかけられ、そのまま別室へと案内された。

そこは豪華な調度品で飾られながらも、装飾より実務を優先するような部屋だった。

応接間の方がよっぽど豪華に見える。

そんな部屋に呼び出された俺は、以前に訪れたことがあるのを思い出す。

「あ〜、ここか。何度か来た事があるな」

思い出していると、ルクシオンが生真面目にも補足してくる。

『マスターが対公国戦にて総司令官の任を受けた際、使用していた部屋になりますね』

「そうだったな」

ルクシオンと雑談しながら、俺を呼び出したミレーヌさんに視線を向ける。

失礼な態度に気を悪くするかと思っていたが、相変わらず微笑んだままだ。

椅子に座って右手で口元を隠しながら、ミレーヌさんは過去を懐かしむ。

「あの時の公爵は、凄まじい活躍をしてくださいました。今回も、ラーシェルに対しての活躍を期待しております」

丁寧で優しい口調ながら、どこか距離を置いているようにも聞こえる。

頭の後ろを手でかきながら、俺はミレーヌさんと今後の話をする。

「使者の様子からすると、交渉は難しいですかね？」

「そもそも、あちらは交渉をするつもりがないのでしょうね。平和的な解決を、ホルファート王国が蹴ったと触れ回りたいのでしょう」

無茶苦茶な要求をしながらも、ラーシェルは「自分たちは平和的な解決策を提案した！」という立場でありたいらしい。

俺からすれば信じられない話だが、戦争回避のために交渉したのは事実だ。

――それを王国が蹴ったのも事実である。

詳しい内容を知らない第三者から見れば、ホルファート王国が悪く見える可能性がある。

実にいやらしい手口だが、通じてしまうのが世の中だ。

俺はミレーヌさんに解決策を尋ねる。

「正直、大規模な戦争なんてしたくありません。被害を最小限に減らす方法があれば、教えて欲しいです」

ホルファート王国を仕切ってきた王妃様の知恵を借りたいと言えば、ミレーヌさんの笑顔の質が変わった。

待っていました、と言わんばかりに話し始める。

「今の周辺国で、脅威となり得るのはラーシェルのみです。言い換えれば、ラーシェルさえ封じ込めてしまえば、他は有象無象の集まりに過ぎません」

確かに、ラーシェル神聖王国以外の国は、ホルファート王国と単独で戦争できるほど大きくはない。

かつて戦った旧ファンオース公国——現ファンオース公爵家も、周辺国を見れば大きな部類になる。

——ファンオース公爵家か。

「敵である同盟の中に、ファンオース公爵家はいると思いますか？」

気になって尋ねると、ミレーヌさんは小さくため息を吐く。

「事が起これば加わる可能性は高いでしょう。このままホルファート王国に従うよりも、独立したいと思うはずですからね」

戦争に敗れ、莫大な賠償金を払わされているファンオース公爵家にとって、ホルファート王国は味方ではない。

数年前まで、激しく争い合っていた敵同士である。

チャンスがあれば、敵に寝返る可能性は高い。

俺はアゴに手を当て、自分の考えを話す。

「それなら、ラーシェル神聖王国に殴り込んで盟主国を落としますか？」

シンプルすぎる俺の提案に、ミレーヌさんが驚いて目をむいた。

だが、すぐに破顔すると声を出して笑い始める。

俺が頬を指でかくと、ミレーヌさんが謝罪してくる。

「ごめんなさいね。あまりにも単純明快で楽しくなってしまったのよ。――そうよね。公爵にはその選択肢があるのよね」

普通の人間には、まず選べないだろう解決策だ。

ルクシオンを持つ俺だからこそ、こんな馬鹿みたいな作戦を口に出来る。

ミレーヌさんが真剣な表情になると。

「すぐにラーシェルを滅ぼせば、それは公爵の力が危険であるという証拠になります。そうなれば、帝国も動く可能性が出てくるわ」

「――帝国」

帝国と聞いて、ルクシオンが律儀にも正式な国名を告げる。

『ヴォルデノワ神聖魔法帝国――ラーシェル神聖王国とも繋がりのある国ですね』

そこから先は、ミレーヌさんが説明する。

「ホルファート王国よりも強大な超大国よ。あのアルゼル共和国さえ、帝国には及ばないわ」

フィンとミアちゃんの故郷。

そんな国が俺を脅威と判断して攻め込んでくれば、厄介なことになってくる。

別に攻め込まなくても、帝国が主導してホルファート王国をあらゆる面から責められる。

下手をすれば、本当に世界が敵になってしまうだろう。

完全な魔装を所持するような帝国との戦いは、ルクシオンの力があっても無傷とはいかないだろう。

いや、下手をすれば――。

「帝国を敵に回すのはまずいですよね？」

確認すると、ミレーヌさんは頷き即答する。

「まずいわね」

ここまでの話を聞いて、ルクシオンは面倒そうにしていた。

『帝国も一緒に滅ぼせば問題は解決します』

こいつらしい解決策だが、俺は何の関係もない人たちまで自分のために傷つけたくはない。

「冗談でも言うな」

『――本音では、ラーシェルすら滅ぼしたくないのでしょう？　マスターは甘すぎます』

俺とルクシオンが睨み合うと、ミレーヌさんが手を叩いて注目を集めた。

微笑みながら、少し首をかしげている。

「そんな公爵のために、とっておきの作戦があるわ」

「作戦？」

ミレーヌさんは席を立つ。

位置的に窓ガラスを背にしているのだが、そこから差し込む光でミレーヌさんの姿が影になり薄暗く見えていた。

そんな状態では、ミレーヌさんの微笑みが禍々しく見えてしまうので止めて欲しい。

「公爵には、私とエリカを連れてフレーザー侯爵領に向かってもらいます」

第01話「国境へ」

ホルファート王国の港。

王都近郊にある浮島(うきじま)には、数多くの飛行船が出入りを繰り返している。

様々な形の飛行船が港に並び、人と物で溢れていた。

少々手狭な印象を受ける港に降り立った初老の男性は、左手にステッキ――杖を持っていた。

ただ、杖を突いて歩く姿は背筋が伸びてしっかりした印象を受ける。

杖など必要としていない様子に、ファッションで持っているのだと思われた。

初老の男性は帽子をかぶり、眼鏡をかけている。

灰色の髪を後ろに流したオールバックの髪型で、熱いのか上着を脱いでいた。

近くに旅行鞄が一つある。

鞄を持つために、杖を邪魔くさそうに一緒に手に握る。

そうしてスタスタと港を歩く姿は、元気そのものだった。

初老の男性の名前は【カール】。

港の熱気で額に汗を滲ませ、目つきを鋭くしながら呟く。

「さて、噂の外道騎士とはどんな奴か」

カールがホルファート王国にやって来たのは、外道騎士——リオンという人物を知るためだった。

しばらくカールが歩いていると、そこにフィンが現れる。

カールは一瞬だけムッとするのだが、フィンと一緒にいるミアの姿を見て頬を緩めた。

だが、またすぐに不機嫌になる。

港ではぐれないようにするため、フィンとミアが手を握り合っていたからだ。

フィンもカールの顔を見ると、心底嫌そうにする。

ミアがカールに気付いて大きく手を振っていた。

「おじさま！」

ミアの純真無垢な笑顔を見て、カールはハッとして表情を整える。フィンに向けた不機嫌さを消し去り、笑顔と優しい口調を心がけた。

「おぉ、ミアちゃん。元気にしていたかな？」

「はい！」

駆け寄ってきたミアがカールを前にして、まるで尻尾を振る子犬のように喜んでいた。

その姿にカールが心から癒やされていると、邪魔をしてくる男が一人。

フィンである。

「何しに来た、おっさん」

おっさん呼ばわりしてくるフィンに対して、カールは無表情になっていた。

「小僧の癖に調子に乗るなよ」

フィンを小生意気な小僧として扱うカールという男性は、ミアにとっては馴染みのある人物であった。

ミアが二人の間に割って入る。

「二人とも喧嘩は駄目ですよ！　おじさまも騎士様に小僧なんて失礼です。騎士様も、おじさまがせっかく来てくれたのに酷いです」

失礼な態度をミアに責められると、カールは少し慌てて謝る。

「ははは、確かに小僧呼ばわりは失礼だったな。こいつも一応は騎士だった」

「一応も何も、お前が決めたんだろうが。言っておくが、俺はお前を許していないからな」

腕を組んでムスッとした表情をするフィンの隣には、呆れ顔のブレイブがいた。

このままでは話が進まないと思ったのか、カールに尋ねる。

『それで、こ——おじさまは何をしにこの国に来たんだ？　王国に来る予定はなかったはずだぜ』

カールはミアを一瞥すると、その頭に手を置いた。

ミアが嬉しそうに頭を撫でられている間に、小声でフィンとブレイブに告げる。

「——まぁ、色々と見定めるためだ」

◇

学生寮に戻って来ると、午後三時を過ぎていた。

重たい服を脱ぎながら、今日の出来事を話す相手は婚約者の三人だ。

ノエル――【ノエル・ジル・レスピナス】は、金髪をサイドポニーテールにした髪型が特徴的な女子だった。

毛先に向かうほどピンク色になる髪を、右側でまとめている。

「何もかも奪うって言っているようなものじゃない。そんなの、誰だって受け入れられないわよ」

不満を隠さず呟くノエルは、両手を腰に当てていた。

怒っています、というのが態度に出ている。

大きな胸の下で腕を組むアンジェ――【アンジェリカ・ラファ・レッドグレイブ】は、無表情でノエルに説明する。

冷静に見えるが、赤い瞳がいつもより力強く見える。

相当怒っているらしい。

「対話をするつもりがないと言いに来ただけだろう。条件をのめば、今度はラーシェルが攻め込んでくるだけだ。――相変わらず、上から目線で嫌になる」

様々な場面で、ラーシェルという国はホルファート王国を見下しているようだ。

アンジェも何度か経験があるのか、思い出して腹を立てている。

上着を脱いでハンガーに掛ける俺は、使者の述べた条件の話を強引に終わらせる。

「それよりも、国から正式に依頼が来るよ。俺にはフレーザー領に向かって欲しいそうだ」

正式な依頼と聞いて、アンジェが一瞬だけ驚いた顔をする。

すぐに真剣な表情になるが、どうにも不可解らしい。

「リオンをラーシェルとの国境に置くのか？　悪くはないだろうが、ミレーヌ様が考えたにしては腑に落ちないな。誰の命令だ？」

アンジェには、ミレーヌさんが考えた命令とは思えないらしい。

俺は小さくため息を吐く。

「――ミレーヌさんだよ」

考え込んでしまうアンジェの隣で、心配そうな顔をしたリビアが俺に視線を向けてくる。

「えっと――フレーザー領って言えば、侯爵様の領地ですよね？」

フレーザー侯爵家。

ラーシェル神聖王国との国境を預かる王家の分家で、強大な浮島を所有するレッドグレイブ公爵家とは違い、大陸に領地を持っていた。

幾つもの浮島に砦を建造し、国境の守りを固めているそうだ。

アンジェが考えるのを止めると、リビアの質問に答える。

どうやら、ホルファート王国の事情に詳しくないノエルにも聞かせたいらしい。

ノエルの方にも何度か視線を向けている。

「王家の血を引くフレーザー侯爵家は、長年ラーシェルとの国境を守っている。奴らが上陸するのを防いでくれてはいるが――ラーシェルの切り札に、随分と苦しめられているそうだ」

ラーシェルという敵国と長年戦っているようだが、魔装モドキを持つ相手には分が悪いようだ。

それでも国境を維持できているのは、王国からの支援があるためだ。

説明を聞いて、ノエルが安堵して笑みを浮かべる。

「でも、これまでずっと守ってきてくれたのよね？　それなら、頼りになるわね」

ノエルからすれば、フレーザー家は頼りになる家らしい。

――俺は不安だけどね。

アンジェが額に手を触れ、悩ましい表情をしていた。

「確かによく持ちこたえてくれているが、それも王国から莫大な支援を毎年受けているからだ。ついでに、ラーシェルを挟んだ向こう側にはレパルト連合王国――ミレーヌ様の祖国があるからな」

それを聞いて、ノエルも何となく理解したらしい。

「今までは挟み込んで封じ込めていたんだ」

「ラーシェルはレパルトの領土も狙っていたからな」

ノエルは考え込むと、何かを閃いたのか明るい顔をする。

そのまま何度か頷いて。

「わかった！　そこにリオンを置いて、ラーシェルを完全に封じ込めるのね。その間に、他の国をどうにかするわけだ。うん、何だかうまくいきそうね」

手を叩いて「正解でしょ？」と笑顔になるノエルは可愛いが、アンジェの表情は優れない。

「まぁ、それも悪くはないんだろうな」

リビアはアンジェの表情から、何か問題があるのを察したようだ。

「駄目なんですか？」

アンジェは俺がフレーザー領に向かう意味を教えてくれる。

そこには、ミレーヌさんへの不信感があるようだ。

「他の国境を守る貴族たちからすれば、王国最強の戦力を一箇所に投入するに等しい采配だ。加えて、今の王国には戦力が少ない。国境の貴族たちからすれば、増援が期待できないと言われたのも同じだな」

旧ファンオース公国との戦争で受けた被害は大きかった。

短期間で何度も騒動が続き、王国が保有する戦力は削られ続けている。

その補充すら満足に行われていない状況では、国境を守る貴族たちは不安だろう。

——何しろ、助けを求めても応えてくれない可能性があるのだから。

そして、アンジェは俺を見る。

その瞳は、随分と心配しているようだった。

「他にも問題がある。いざという時に、ラーシェルに攻め込むのはリオンだろうな。そうなれば、激戦になる」

激しい戦いが待ち受けていると聞き、リビアとノエルが俯く。

その可能性は考えていたのだろうが、アンジェが口に出して言ったために二人は再確認する形になった。

心配されているのは嬉しいが、悲しい顔をされても困る。

俺は頭をかいて、三人を安心させるためにおどけて見せる。

「心配ないよ。ミレーヌさんも、攻め込む可能性は低いって言っていたからね」

それを聞いてリビアとノエルの表情が明るくなるが、アンジェの方は驚いていた。

信じられないという顔をしている。

「ミレーヌ様が本当にそう言ったのか？　お前に攻め込ませるつもりはない、と？」

「あぁ。そうだよな、ルクシオン？」

俺の右肩付近に浮かんでいたルクシオンに尋ねると、普段通りの口調で返事をする。

『はい。ミレーヌは、マスターを使ってラーシェル神聖王国を封じ込めるつもりです。私の力を使って滅ぼそうとは考えていない、と言っていましたよ』

ルクシオンが間違えるはずもない。それを知っているアンジェは、口元を手で押さえると随分と焦っているように見えた。

「あの方の祖国は、ラーシェルに長年苦しめられてきた。ミレーヌ様自身、ラーシェルを滅ぼせる機会があれば、ためらうことはないはずだ。それなのに、リオンを使おうとしないだと？」

アンジェの様子がおかしいため、ノエルがフォローを入れる。

「でもさ、リオンって王妃様のお気に入りでしょ？　――ちょっとどうかとおもうけどさ」

王妃様に気に入られているというのが、ノエルには許せないらしい。

俺をムッとした表情で一瞥しながら、そのまま続ける。

「リオンが戦い続けて、ボロボロだって知っているはずよね？　だから、あまり無理をさせたくなかったんじゃないかな？」

その発言に、俺は感動して口元を手で押さえた。

「ミレーヌさんが俺の身を案じて！　どうしよう、凄く嬉しい！」

瞳を潤ませていると、俺に顔を向けてきた三人が無表情だった。

ただ、怒っているのは伝わってくる。

ノエルが無表情を止めて笑みになると、ニヤリとした顔で俺を見ていた。

「随分と嬉しそうね。ここに、三人も、リオンの体を心配している婚約者がいるのにね」

リビアもハイライトの消えた目で俺を見ている。

「リオンさんは、王妃様が大好きですからね」

アンジェは片方の眉尻を上げて、頬を引きつらせていた。

「——この馬鹿者が」

「す、すみません」

俺が視線を逸らすと、ルクシオンがヤレヤレと赤いレンズを左右に振った。

『少しは成長したかと思っていましたが、どうやら勘違いのようですね。どうして同じ過ちを繰り返してしまうのでしょう』

俺のミスを責めてくるルクシオンに、苦し紛れに言い返す。

「同じ過ちを繰り返すのが人間だろ」

『過ちから学び、乗り越えるのが人間ですよ』

見解の相違だな。

◇

リオンと入れ違いで王宮に来たのは、【エリカ・ラファ・ホルファート】だった。

ホルファート王国の第一王女にして、前世ではマリエの娘――つまり、リオンの姪という特殊な立場の人物だ。

マリエと同じくボリュームがあり、ふわりと膨らんだ髪。

違いはマリエが金髪であることに対して、エリカは黒髪ということだ。

シミや傷など存在しない肌は、輝いて見えていた。

普段優しそうな表情をしているエリカだが、今はやや険しい表情をしていた。

目の前にいるのは、無表情で机に向かうミレーヌだった。

ミレーヌの執務室に呼び出されたエリカは、伝えられたことを口に出して問い質す。

「私と母上がエリヤの実家に向かうのですか？」

聞き間違いであって欲しいという願いは、ミレーヌの事務的な返事に打ち砕かれる。

「そう言いました。すぐに出立の準備をしなさい。場合によっては、そのまま輿入れをしてもらうわ」

輿入れ――つまりは、フレーザー家に嫁がせると言っている。

エリカも王女として教育を受けており、前世という経験を持っている。

王族の結婚に自由などない時代であると理解しているが、あまりにも急な話に理解が追いつかなかった。

「戦争が始まるのに、ですか？」

「戦争が始まるから、です。フレーザー家を王家は見捨てていないと示す必要があるわ」

ラーシェルとの矢面に立たされるフレーザー家は、戦争が始まれば一番被害を受けると予想されている。

そんなフレーザー家が安心して戦うためには、ホルファート王国からの支援が欠かせない。

エリカの輿入れは、フレーザー家に王家が本気であると示す意味合いが強い。

ミレーヌはペンの動きを止めると、小さくため息を吐く。

視線は書類に落としたままで、エリカの顔を見ようとはしない。

酷い母親にも見えるが、エリカにはミレーヌの心情が読み取れていた。

(娘に対して後ろめたさがあるのかな)

ミレーヌも母親であるため、激戦地となる場所に娘であるエリカを嫁がせるのを悩んでいるようだった。

あるいは、政治の道具にしているのを悩んでいるのか？

娘の顔を見られないミレーヌは、そのまま話を続ける。

「急いで支度をしなさい。フレーザー領へは、バルトファルト公爵のアインホルン級二隻で向かいます」

「二隻ですか？」

（バルトファルト公爵？　――今まではリオン君呼びだったのに）

リオンと距離を取ろうとしているのが、言葉からも伝わってくる。

そして、気になったのはアインホルン級――リオンが所有するアインホルンとリコルヌの二隻で向かうという点だ。

「どちらか一隻は、王都に残すべきではありませんか？　あの飛行船は、今は王国を代表する――」

そこまで言うと、ミレーヌが顔を上げる。

エリカに向ける鋭い眼光は、質問を許さないと語っていた。

「下がってすぐに支度をしなさい」

エリカは口を閉じて執務室を退室する。

娘である立場から、母上――ミレーヌが随分と余裕がないのが感じ取れた。

◇

「二隻で国境に向かう？　おい、ミアの身体検査はどうするつもりだ!?」

放課後の教室。

フィンと話をしていた俺は、夏期休暇の予定について話していた。

ミアちゃんの病気について調べる約束をしていたのだが、戦争が始まるため守れそうになかった。

「設備自体はルクシオン本体にもあるんだけどさ」

チラリとルクシオンを見れば、俺の右肩付近でブレイブ――フィンの相棒を睨み付けていた。

『魔装とそのパイロットを乗せるなどあり得ません。本来であれば、アインホルンやリコルヌにも乗せたくありませんでした』

旧人類が作りだした人工知能は、新人類が作りだした魔装を拒絶する。

憎んでいると言ってもいい。

それは新人類が作りだした魔装のコアも同じだった。

ブレイブが小さな腕を出して、ルクシオンを指さしている。

『俺だって、大事な相棒やミアをお前ら鉄屑に預けられるか！　相棒、こいつらは何か企んでいるぞ』

睨み合うルクシオンとブレイブに、俺とフィンは大きなため息を吐く。

フィンの方は酷く残念がっていた。

「ラーシェルの馬鹿共のせいで、ミアの病気が治療できないなんて――そんなの絶対に許せない」

戦争であれば仕方がないと割り切る態度も見せたが、それでも許せないと憤っている。

ミアちゃんを溺愛（できあい）しているフィンは、謎の病気が治療できると喜んでいたからな。

それが駄目になれば、ラーシェルを恨みもするだろう。

だから俺は、フィンに提案をする。

「それなら、お前らもついてくるか？　丁度夏期休暇になるしさ」

「戦場にミアを連れて行くのか」

考え込むフィンだったが、戦争が激化すれば留学生の二人は帰国命令が出される可能性が高い。

これを逃せば、次にチャンスが巡ってくるのはいつになるか不明だった。

俺としても、ミアちゃんの病気を治してやりたかったので、多少の無理は承知の上だ。

フィンは深いため息を吐いてから決断する。

「――わかった。一緒に行く」

「悪いな。出来るだけ巻き込まないようにするからさ」

申し訳ないので謝罪すると、フィンの方が頭を振る。

「頼んでいるのはこっちの方だから気にするな。それよりも、一人客人がいるんだが、一緒に連れて行っても大丈夫か？」

「客人？」

フィンは複雑な表情をしながら、俺に客人について語る。

「まぁ、ミアにとっては足長おじさんみたいな人だな。俺からすれば、屑野郎だ」

「その人は屑なのか？」

足長おじさんについて考える。

ミアちゃんと知りあいということは、帝国から来たのだろうか？

わざわざホルファート王国まで来るとは、随分と行動力のある人物だ。

ここ最近、争いが続いているホルファート王国に来るなど、肝が据わった人なのだろう。

「どうして王国に来たんだ？　ミアちゃんを心配してか？」

フィンに尋ねると、答えをはぐらかされる。

「それもあるだろうな」

「それも？」

「俺からは言えない。ただ、迷惑はかからないと思う――多分だけどな」

「多分!?　多分って何だよ。そこはハッキリしろよ！」

「とにかく、はた迷惑な糞野郎だが、ミアがいれば大人しいから安心だ」

フィンの説明に不安になってくる。

◇

王都近郊にある浮島の一つ。

軍港として使用されている浮島で、周囲には飛行戦艦が停泊している。

王族が使用する豪華な飛行船も保管されていた。

だが、今回は港にアインホルン級一番艦アインホルンと二番艦リコルヌの姿がある。

軍港に停泊し、荷物が積み込まれているところだ。

軍港を任されている偉い軍人が、バインダーに挟んだ書類を確認しながらチラチラと俺を見てくる。

不満そうなひげ面の男は、ネチネチと嫌みまで言ってくる。

「本来であれば、王族の方たちが使用する飛行船は我々が管理する王室専用機が相応しいのだよ。それを、新型というだけの飛行船に乗せるなど、本来はあってはならないのだ。まして、公式での訪問ともなれば――」

ミレーヌさんとエリカが、公式にフレーザー家へ向かうと決まっている。

それなのに、使用するのがアインホルンというのが、彼らには気に入らないのだろう。

俺は返事をしながらも話を聞き流す。

「それは大変ですね。ところで、荷物の積み込みはいつ終わります？」

「――どうやら人の話を聞かない方のようだ」

相手が頬を引きつらせているのを見て溜飲を下げていると、荷物を持ったマリエたちが港にやって来る。

俺は酷く嫌そうな顔をしていたのだろう。

マリエが俺を指さして怒鳴ってくる。

「そこ！　嫌そうな顔をしない！」

「だって嫌だよ。そもそも、なんでお前がこの場にいるの？」

マリエの後ろを見れば、荷物を持ったカーラとカイルの姿があった。

その後ろには、残念な姿と成り果てた元貴公子たちもいる。

ローズとマリー。白い鳩と兎を抱きかかえている【ブラッド・フォウ・フィールド】は、時折ユリウスを警戒しながらマリエが同行する理由を俺に語る。

「リオン、僕たちが君の寄子(よりこ)――つまり部下だって忘れていないかな？　上司が国境に向かうなら、無論僕たちも付き従うさ」

これが普通の奴に言われたなら、ちょっと感動してしまう台詞だっただろうに。

鳩と兎を抱きかかえた奴に言われても、少しも心に来るものがない。

むしろ、俺の部下である自覚がこいつらにあったのか？　と驚いている。

「部下なら日頃から上司の俺を敬えよ」

そう言うと、鳩と兎に熱い視線を送っていた【ユリウス・ラファ・ホルファート】。

元王太子殿下が、口元を拭ってから答える。

――こいつ、ブラッドの友達であるローズとマリーを食べたいのか、涎を出していたのか？

「敬っているだろうが。この前も、串焼きを献上したぞ」

「お前は王子様で俺の部下じゃない。あと、献上とか言うな」

俺の部下になりきっている王子様に指摘してやると、本人はハッとした顔をしていた。

今思い出したという顔で。

「え？　あ、うん」

曖昧な返事をするユリウスを冷めた目で見ていると、フォローしてくるのはユリウスの乳兄弟(ちきょうだい)である【ジルク・フィア・マーモリア】だった。

「まぁ、気持ちの問題ですよ。それよりも、今回はいつもより人が多いですね」

ジルクが辺りを見渡すと、そこには王妃と王女であるミレーヌさんとエリカの世話をする使用人たちが集まっている。

護衛の騎士や軍人もいるし、積み込まれている荷物には鎧もあった。

王国軍が正式に採用している鎧なのだが、王族を守るために用意されたロイヤルガードと呼ばれる精鋭たちが乗る物だ。

赤髪をかく【グレッグ・フォウ・セバーグ】が、リコルヌの乗船場所を見る。

タラップの前には騎士たちが並び、周囲を警戒していた。

「何だ、王妃様たちはあっちに乗るのか」

王妃や王女が乗る飛行船に、元貴公子とは言え野郎共は乗せられない。

「当たり前だろうが」

リコルヌにはクレアーレを配置するので、問題はないだろう。

マリエがリコルヌへと向かう。

「それなら、私はあっちね。二人とも、行くわよ」

マリエはカーラとカイルの二人を連れて、リコルヌの方へと向かう。

エリカと一緒に旅をしたいのだろうが、タラップの前で騎士たちに止められていた。

「あなたの乗船は許可できません」

「何でよ!」

マリエが騎士たちと言い争っていると、【クリス・フィア・アークライト】が俺に話しかけてくる。

「リオン、話は聞いたが本当にいいのか？」

「曖昧な質問をされても、何が？　としか答えられないな」

「理解しているはずだ」

流そうとする俺を睨んでくるクリスを前に、俺は頬を指でかく。

表向き、パルトナーを失ったことになっている俺にとって、アインホルンというのは貴重な戦力だ。

それは王国にとっても同じである。

クリスとの真面目な会話を聞きつけ、ユリウスまでもが口を挟んでくる。

元王子様なりに、国の行く末について少しは考えているようだった。

「お前が二隻も引き連れて王都を離れれば、国境を守る領主たちが不安になる。母上も、それくらい理解されているはずだ。その割に、連れて行く戦力が少ないな」

積み込まれる鎧や、連れて行く兵士の数。

それらは、ミレーヌさんとエリカを守るためであって、ラーシェルに攻め込むには数が足りない。

ユリウスにとっては不可解らしい。

俺は会話を切り上げるため、聞いている話だけをユリウスに教える。

「二隻でラーシェルを封じ込めるためと聞いたな」

「本当か？　なら、どうして二隻で向かう？　せめて一隻だけでも残していくべきだ」

「――俺が知るかよ」

タイミング良くミレーヌさんがエリカを連れて軍港に現れると、居心地悪そうにしていた軍人はそちらに駆けていく。

俺はリコルヌに乗り込んでいくミレーヌさんの姿を見る。

「全て母上の差し金か」

複雑そうな表情をするユリウスは、これ以上は無意味と判断したのか話し合いを止めて深いため息を吐いていた。

他の四人も微妙な表情をしている。

すると、走り寄る足音が聞こえてきたので、俺たちはそちらに目を向けた。

小太りで小柄な少年が、学園の制服姿で駆け寄ってくる。

ショートボブの銀髪に、目は垂れ目で緑色の瞳。人の好さそうなお金持ちの息子を連想させられるが、それは間違いではなかった。

一年生らしきその少年は、俺の前に来ると息も絶え絶えに自己紹介を始める。

「バルトファルト公爵様ですね？　僕はエリヤ――【エリヤ・ラファ・フレーザー】です。今回はご一緒させて――」

エリヤ？　名前を聞いてすぐに思い出す。

自己紹介の途中ながら、俺は叫んでしまう。

「お前がエリカの婚約者なんて、俺は絶対に認めないからな!!」

「えぇぇぇ!?　何でですかぁぁぁ!!」

仰け反るエリヤは、いきなり俺に嫌われて困惑していた。

第02話「フレーザー侯爵家」

アインホルンとリコルヌが、フレーザー侯爵領へ向けて出航した。

二隻の飛行船が目的地を目指す中、アインホルンの談話室では俺とマリエがソファーに並んで座っている。

ローテーブルを挟んで向こう側に座るのは、緊張して身を縮めているエリヤだった。

何やら冷や汗をかいているが、そんなことはどうでもいい。

俺もマリエも、威圧感を出しながらエリヤを尋問している最中だ。

「ローランドが認めても、俺は絶対に認めないぞ」

エリカとエリヤの婚約は、国が認めた正式なものである。

それも随分前の話であるため、そもそも俺の許可など必要ない。

しかし、黙ってはいられなかった。

何しろ、エリカは前世の俺の姪である。

両親を看取ってくれた優しい姪が、今世で幸せになるためなら多少の無茶はしてもいいはずだ。いや、俺が絶対に幸せにしてみせる。

そのために、エリヤという男を見定める必要があった。

エリヤは怖がりながらも、俺の言葉に反論してくる。

「あ、あの、婚約は国が決めたことでして――」

「何だと！　つまり、国が決めたことだからエリカは好きじゃないってか！」

「違います、違います！　ローランド陛下も婚約時に強く反対されていたので、僕は認められてはいなくて」

つまり、ローランドが抵抗しても破談に出来なかったわけだ。

ローランドのエリカへの態度を考えれば、溺愛しているのは間違いない。

まぁ、あいつは反対するだろうな。

マリエの方は、背中をソファーの背もたれに預けて僅かにアゴを上げている。

エリヤを見下ろしながら。

「てか、あんた本当にエリヤなの？」

訳のわからない質問を投げかけて、エリヤ本人を困惑させていた。

「え？　そ、それは哲学的な質問ですか？」

当然のように質問の意図を理解できていなかった。

俺はマリエの首根っこを掴んで部屋の隅に連れて行くと、エリヤに聞こえないように話をする。

「馬鹿な質問をするなよ」

「違うのよ。聞いてよ、兄貴」

マリエは先程の質問について話し始める。

「私が知っているエリヤってキャラクターは、それは酷い奴なのよ。凄く太った不細工なキャラクターで、しゃべり方も気持ち悪いの」

「あん？」

マリエと二人でエリヤの方を見ると、本人は落ち着かない様子だった。

確かに俺はエリヤを気に入らないが、マリエが言う程に酷くはないと思う。

マリエに顔を近付け、話を再開する。

「まぁ、スマートじゃないけど普通じゃないか？」

「だからおかしいのよ！　エリヤってキャラクターはね、ゲームでは性悪なエリカと一緒に主人公を苦しめる嫌な奴なのよ。馬鹿な小悪党で、エリカにいつも無能と呼ばれるような奴だったのよ」

そこからマリエに詳しく話を聞くと、どうやらエリヤというキャラクターは他者を酷く妬んでいたようだ。

主人公の恋人――攻略対象たちに酷い劣等感を抱いており、イベントの度にウザく絡んできたらしい。

「エリカの悪口まで言うな」

「私だってエリカを悪く言いたくはないわよ。けど、ゲームではそうだったの」

少しばかり考えて、以前にマリエから聞いた話をする。

「エリカはエリヤが痩せたとか言っていたな」

「痩せたというか、もう別人に見えるわ。今のエリヤは、人の好さそうなボンボンじゃない。私の知っているエリヤじゃないのよ。肌も綺麗だし、何て言うか清潔感があるのよね」

本来のエリヤというキャラクターは、これでもかと不細工に描かれていたらしい。

マリエはエリヤの態度も気になっていた。

「それにさ、侯爵家の跡取りって威張り散らしてないでしょ？　学園でも悪い噂が聞こえてこなかったのよ」

どうやらマリエは、独自にエリヤについて調べ回っていたらしい。

結果、悪い噂は聞こえてこなかったそうだ。

俺はエリヤの話をまとめる。

「つまり、あの乙女ゲーの設定よりも見た目が良くなり、清潔感があって、更には侯爵家の跡取りながら威張り散らしもしない、と」

——学園では目立たなかったようだが、それを差し引いても悪くない奴だ。

マリエも悔しそうな顔をしている。

「否定する材料が出て来ないよぉ」

俺たち二人が部屋の隅で頭を抱えていると、エリヤが声をかけてくる。

「あ、あの、大丈夫ですか？」

心配してくるエリヤに、俺とマリエは苦し紛れに言ってやる。

「これで勝ったと思うなよ！」

「エリカとの婚約なんて、私は認めないからね！」

悔しさを抱えながら、俺とマリエは談話室を後にする。

残されたエリヤは、その場に立ち尽くしていた。

◇

「エリヤの欠点が見つからない」


夜の自室。

部屋を訪れたノエルに、俺は昼間のことを打ち明けていた。

エリカに相応しくないエリヤの欠点を探ろうとしたが、何もなくて逃げ帰ってしまったという話だ。

俺のベッドに横になり、肘を立てて手に頭を載せるノエルは呆れた顔でため息を吐いていた。

俺の行動が理解できないらしい。

「欠点が見つからないならいいじゃない。それより、どうしてリオンが王女様の婚約に口を挟むのよ？　可愛がっているのは知っているけど、そこまでするのは行き過ぎよ。肉親でもあるまいし」

ノエルの何気ない一言が、核心を突いた。

ただ、正解であるとは言えないため、俺は話をはぐらかす。

「肉親のユリウスは仕方がないって態度だからな。妹に対して冷たい奴だよ」

「お貴族様なら普通じゃないの？　あたしだって、婚約したのは五歳の頃よ。まぁ、その時は何も知らなかったんだけどね」

ノエルはそう言って仰向けに横になると、天井を見上げた。

アルゼル共和国の大貴族に生まれたノエルだが、庶民として育った期間が長い。

そのため、貴族同士の結婚についてはあまり詳しくない。

俺は小さくため息を吐く。

「――まぁ、ハッキリ言えば家同士の契約に近いからな」

恋愛感情を無視して、家同士の繋がりを強める契約だ。

そこに個人の意思は尊重されない。

相思相愛ならば問題ないが、愛などない結婚など珍しくもない。

前世とは違いすぎるが、これは時代もあるのだろうか？

一度足を上げたノエルが、反動を利用してそのまま上半身を起こした。

俺の方に顔を向けてくる。

「結局、リオンはどうしたいのよ？　王女様の婚約を破棄したいの？」

「それは！　――そうじゃないけど」

俺の目的はエリカに幸せになってもらうことで、エリヤの欠点を見つけることではない。

「それより、本人の意思は確認したの？　エリヤ君もだけど、王女様の意思とかさ？　嫌がっているなら考えても良いけど、本人たちが納得しているなら迷惑だよ」

「うっ！」

痛いところを突かれて何も言えずにいると、ノエルが不思議そうに考え込む。

「そもそも、マリエちゃんも変なのよね。王女様の結婚を阻止するって息巻いているのよ。アンジェリカとリビアも気にかけていたわ」

「二人が？」

アンジェとリビアだが、アインホルンではなくリコルヌに乗船している。

理由は、アンジェがミレーヌさんと話をするためだ。

窓の外を見れば、リコルヌの姿が見えた。

白い船体に、アインホルンと同じ特徴的な一本角を船首に持っている。

ノエルが俺を心配していた。

「王女様のことになると、二人とも視野が狭くなるよね。アンジェリカも気にしていたけど、何か理由でもあるの？」

「まぁ、色々と」

答えをはぐらかすと、ノエルは小さくため息を吐いた。

困ったように笑っているので、怒ってはいないらしい。

「立場とか責任とか、王女様も大変だよね」

「――そうだな」

エリカがフレーザー家に嫁ぐ意味は大きい。

これを個人的な理由で破談にしてしまうには、周囲への影響が大きすぎる。

本人が嫌と言ってくれればなりふり構わず動けるのだが、エリカは受け入れていた。

「せめて本音を聞き出せればな」

◇

リコルヌの談話室では、アンジェがミレーヌと会話をしていた。

「ミレーヌ様、どうしてリオンを国境に配置するのですか？」

今回の王宮からの依頼に不信感を持つアンジェは、ミレーヌの意図を量りかねていた。

ミレーヌは、リビアが差し出したホットミルクを一口飲むと微笑む。

「あら、おいしいわね」

アンジェの質問に答えないミレーヌは、リビアが用意したホットミルクを褒める。

「ありがとうございます。あ、あの——」

リビアがアンジェに視線を向けると、ミレーヌは小さくため息を吐いてカップをテーブルに置いた。

「——ラーシェルを封じ込めるためですよ。何かおかしい点がありますか？」

当然の采配であるというミレーヌに、アンジェが興奮して立ち上がる。

「ふざけているのですか!?　リオンは王都に滞在させ、状況に応じて国境に送り出すのが正解です。ラーシェルだけにかまけていては、他の国境が危うくなります！」

ラーシェルだけを封じ込めても、その他の国境が守れなければホルファート王国に大きな被害が出てしまう。

それならば、リオンを中央に配置して周囲ににらみを利かせる方が良かった。

アンジェからすれば、それをしないのは怠慢である。

ただ、ミレーヌはアンジェの話から大きな見落としを指摘する。

それは軍事的には小さな問題でも、アンジェたちにとっては大きな問題だった。

「相変わらず興奮すると視野が狭くなりますね。アンジェ——いえ、アンジェリカ、大事なことを見落としていますよ」

「見落とし？　——っ!?」

気付いたアンジェは、すぐに口元を手で塞ぐ。

ミレーヌはその姿を見てクスクスと笑っていた。

「あなたが実家を捨ててまで守ろうとした婚約者——バルトファルト公爵は、戦争で随分と精神を病んでいるそうね？　毎日のように薬に頼らなければ眠れないとか？」

アンジェはしまった、という顔をする。

（薬の話は誰から聞いた？　エリカ様？　それともユリウス殿下か？）

アンジェとて、リオンを心配している。

出来る限り負担は減らしたかったが、それでも軍事的におかしな行動を取るミレーヌを見過ごせなかったため問い質していた。

別に戦って欲しいわけではない。

だが、今のアンジェがリオンを戦わせたがっているように見えたのも事実だ。

ミレーヌがアンジェをなだめる。

「公爵は若くして英雄になりましたからね。精神的な負担も大きいでしょう。今回の国境への配置は、フレーザー家を安心させる意味合いが強いわ。ラーシェルとて、公爵がいるのに無闇に攻め込んでは来ないでしょうからね」

ラーシェルはリオンに何度も返り討ちに遭っている。

そんな彼らが、無策に突っ込んでくるとは考えにくい。

アンジェは、ミレーヌの真意をどうにかして探れないかと考える。

しかし、「リオンのため」と言われれば言い返せなかった。

これ以上、ミレーヌを責めれば「リオンを無理矢理戦わせるつもりか？」と責められるのはアンジェである。

それだけは、アンジェには我慢ならなかった。

（本当に狡い人だ。私の嫌がることをよく理解している）

嘘でもリオンを戦わせたい、などと言えなかった。

アンジェが黙ってしまうと、ミレーヌがホットミルクの入ったカップの縁を指先でなぞる。

「今回の戦いでは、公爵に負担はかけないと約束するわ。アンジェやオリヴィアさんにとっても、悪い話ではないでしょう？」

ミレーヌがリビアに微笑みかける。

「え、えっと、あの」

リビアが返答に困っているのを見て、アンジェが代わりに答える。

「えぇ、悪い話ではありません。リオンが戦わずに済むのなら。ただ、このやり方で本当に勝てるのですか？」

この戦争に勝つつもりはあるのか？

そんな問い掛けに、ミレーヌは笑みを消して真剣な表情になる。

「戦争は勝たなければ意味がない――あなたにそう教えたのは、誰だったか忘れたのですか？」

かつてアンジェに、戦争は勝たなければ意味がないと教えたのは――ミレーヌだった。

◇

アインホルンとリコルヌが入港するのは、フレーザー家が所有する小さな浮島の一つだ。

小さな浮島には砦が用意され、軍港も整備されている。

アインホルンが停泊している周囲には、侯爵家の兵士たちが押し寄せていた。

「これが噂のアインホルン級か」

「角があるぞ」

「こいつが共和国を一隻で滅ぼした飛行船か」

侯爵家の兵士たちは、アインホルンを好意的に見ていた。

その様子を降り立った港から眺めていると、近付いてきたルクシオンが状況を報告してくる。

『マスター、船荷の積み卸しが完了しました。フレーザー家への補給物資の受け渡しも終えています』

「ご苦労さん」

『――よろしかったのですか？』

「何が？」

ルクシオンの赤いレンズの先にいるのは、フィンとミアちゃんだ。

軍港に到着すると、ミアちゃんが興味深そうに周囲を見ていた。

そんなミアちゃんを見守るフィンは、随分と優しい顔をしている。

ブレイブもいつものように、二人の側にいてからかわれていた。

ただ、そんないつものメンバーに、杖を持った初老の男性が加わっている。

「カールさんか？　ミアちゃんを心配して帝国から来た人だ。それに、フィンも多分大丈夫と言っていただろう？」

『魔装に関わる者を信用するのは問題です。彼らは敵です』

「お前にとってはそうだろうさ。でも、俺にとっては敵じゃない」

不満そうにしているルクシオンを無視して、俺は背伸びをする。

「それにしても、学園に入学してからずっと戦い続けているな。一年の頃からずっと戦争をしている気がする」

『事実、戦い続けていますからね。やはり、全てを滅ぼした方がよろしいのではありませんか？　その方が、短期間で全ての問題を解決できます』

「俺は平和を愛する男だぞ。そんな解決方法は選びたくないね」

『マスターが平和を愛していても、平和はマスターを愛していないようですね。どうやら片思いのようです』

「――本当に口の減らない人工知能だな」

平和が俺を愛してくれないなんて、寂しすぎるだろうが。

まぁ、ルクシオンの冗談は聞き流すとしよう。

俺が待っていると、タラップをミレーヌさんとエリカが降りてくる。

敷かれた赤いじゅうたんの上を歩く二人に近付くのは、どうやらフレーザー侯爵らしい。

エリヤと同じ銀髪の男性は、国境を守る貴族にしては丸っこくて優しそうに見える。

「ようこそおいで下さいました、ミレーヌ様、エリカ様。当家はお二人の来訪を心待ちにしておりました」

フレーザー侯爵に対して、ミレーヌさんが礼を述べる。

「歓迎に感謝します。ですが、今は急を要する時。早速で申し訳ないのですが、会談に入りたいのですが？」

到着してすぐに仕事を開始するというミレーヌさんに、フレーザー侯爵は驚いていた。

だが、すぐに頷く。

「もちろん構いません。それから、レパルト連合王国から、外交官が到着しております」

フレーザー侯爵の言葉を聞いて、俺は少し驚く。

「レパルト？　ミレーヌさんの故郷だよな？」

『タイミングが良すぎますね』

「――お前の気にしすぎだろ」

ミレーヌさんたちが移動を開始すると、アインホルンから降りてきたエリヤが俺に駆け寄ってきた。

「公爵様！　僕が案内します」

フレーザー家は俺に気を遣っているようだ。

俺の世話役を言い渡されたのは、どうやら跡取りのエリヤらしい。

「俺に対してポイント稼ぎか？　残念だが、その程度ではエリカ――王女様との結婚は認めないぞ」

「そ、そうですか」

肩を落として残念そうにするエリヤを見て、ちょっと言い過ぎたと思った俺は頭をかく。

「それより、早く案内しろよ」

「は、はい！」

◇

ミレーヌさんの提案により、会談が早められることになった。

フレーザー家の会議室らしき場所は、細長のテーブルが置かれている。

そこで向かい合って座っている相手だが、フレーザー侯爵家の人間と――レパルト連合王国から派遣されてきた外交官だった。

整えた髭が特徴的な清潔感のある男性は、細身でモデルのようだった。

スーツを着こなし、髪はオールバックにしている。

ナイスミドルな男性だが、その視線はミレーヌさんに向けられていた。

そして、口調にはどこか親しみが感じられる。

「久しぶりにお目にかかりましたが、ミレーヌ様は相変わらずお美しいですね」

「あなたは相変わらず口が達者のようですね」

「本心ですよ」

ナイスミドルの言葉に微笑むミレーヌさんの様子から、お互いに知り合いなのだと理解する。

幾分か優しい表情をするミレーヌさんだが、挨拶が終わると本題を切り出す。

「――早速で悪いのですが、連合王国の立場を聞かせてもらいましょう」

ミレーヌさんの表情が変わった。

先程までニコニコ微笑んでいたが、今は笑っていない。

外交官も雰囲気が変わったのを察すると、冗談を止めて表情を改める。

「ラーシェルが盟主となる軍事同盟への参加はあり得ません。加盟国の国王たちの感情もありますが、国民も受け入れられないでしょう」

長年苦しめられてきた相手と手を取り合う、という展開はないらしい。

ミレーヌさんも予想していたのか、小さく頷くだけだ。

「そうでしょうね」

「今の我が国の関心は、この危機をホルファート王国が乗り切れるのか、という点です。今の王国に、この危機をはね除ける力はありますかな？」

ナイスミドルは俺を一瞥してから、ミレーヌさんに視線を戻す。

ミレーヌさんは先程とは別人のようだった。

「問題ありません。そのために、王国はこの国境に切り札を置くのですからね」

ミレーヌさんも俺を一瞥すると、ナイスミドルの口元が緩む。

口角を上げて嬉しそうに笑っていた。

「アインホルン級を二隻も配備したと聞いて予想していましたが、やはりバルトファルト公爵様ですか。これならば、本国の議会も納得するでしょう」

俺は何も喋っていないのに、話だけが進んでいく。

ミレーヌさんがナイスミドルと話を続けるが、フレーザー侯爵の方は会談が思ったよりもスムーズに運んでいるのを喜んでいるようだ。

それに、誰も二人の会話を遮ろうとしない。

フレーザー侯爵が黙っている間に、ミレーヌさんが話を進める。

「それで、ラーシェルの動きは何か掴んでいるのですよね？」

「もちろんです」

ナイスミドルが力強く返事をすると、ラーシェルの動きを俺たちに聞かせてくる。

「現在、ラーシェルは飛行戦艦を首都に集結させています」

その話を聞いて、ミレーヌさんとナイスミドル以外の参加者たちがヒソヒソと周囲と話を始める。

「首都？　軍港ではないのか？」

「普段の奴らなら、軍港に集結するはずではないか？」

「どうして首都に集結している？　これではまるで――」

誰かが何かを言いかけた瞬間、ナイスミドルが先程よりも声を大きくしてラーシェルの目的を語る。

「――そう、奴らは首都の守りを固めています」

軍事同盟を結び、ホルファート王国を周辺国と一緒に一斉に攻めようとしている場面で守りを固めていた。

何を考えているのだろうか？

周囲が理解できないという顔をしている中、ミレーヌさんだけは落ち着いていた。

この展開を最初から予想していたのだろう。

小さく手を上げ、周囲を黙らせてから発言する。

「バルトファルト公爵を恐れて守りを固めたのでしょう。奴らは、その全戦力をもって守りを固め、引きこもるつもりね」

これを聞いて、フレーザー侯爵が喜んでいた。

嬉しさのあまり、興奮しているらしい。

「流石は王国一の英雄ですな！　バルトファルト公爵がいれば、あの連中も我が領地を攻めてこない。奴らを封じ込めれば、この戦いは王国の勝利に終わるでしょう」

楽観的とも思えるが、確かに厄介な国を封じ込めている。

このまま何もなければ、国力から言ってホルファート王国は勝利するだろう。

――フレーザー侯爵家以外の国境を守る貴族たちは、大きな被害を受けるだろうが。

ナイスミドルがミレーヌさんを褒め称える。

「流石は連合王国の姫君。よくぞ、王国一の英雄殿を連れてきて下さった。これで、レパルト連合王国や、ホルファート王国は安泰でしょう」

ミレーヌさんがうっすらと笑みを浮かべるが、それは作り笑いに見えた。

「共にこの危機を乗り切りましょう」

第03話「ミレーヌの陰謀」

会談が終わると、ミレーヌはフレーザー家の応接室を借りてレパルト連合王国の外交官――リオンの言うナイスミドル【イバン・スーレ・スキーラ】と話をしていた。

イバンは立って窓の外を眺めている。

そこから遠くに砦を持つ浮島が見えていた。

アインホルン級は見えないが、きっと停泊しているだろう。

「あの二隻の他に、アインホルン級は存在するのですか？」

イバンの質問に、ソファーに座ったミレーヌは無表情で答える。

「三隻目は確認していないわ。隠し持っている可能性も捨てきれないけれど、それを論じても意味はないでしょう」

「そうですね。バルトファルト公爵が、国境にいるとラーシェルが信じてくれればいいのですから」

ラーシェルとの国境にリオンが来ている。

これを敵が知れば、ラーシェルが引きこもる可能性は高いとミレーヌは考えていた。

イバンがミレーヌを見て、意味深げに笑みを作る。

「それにしても、罪作りな方だ。噂の外道騎士――英雄バルトファルト殿は、王妃様に夢中だと聞いています」

ミレーヌは小さくため息を吐く。

「ただの噂ですよ。殿方は若い女の方が好きですからね。それに——彼には婚約者として、若い娘たちが側にいるわ」

僅かに。本当に僅かに、自分の言葉で胸が痛んだ。

小さな針を刺されたような痛みに、ミレーヌは眉根を寄せる。

ミレーヌの心情に気付かないイバンは、愉快そうにしていた。

「それでも、実際に公爵を連れて来て下さったのは、ミレーヌ様の功績です。祖国のご両親も喜ばれるはずですよ」

「それは嬉しいわね」

「ただ、本当によろしかったのですか？　公爵がこの国境に張り付けば、他の国境では敵が攻め込んできます。国境を守る貴族たちは不満でしょうに」

イバンがホルファート王国の国境を心配するが、ミレーヌは少しも焦った様子がなかった。

ミレーヌも、当然ながら他の国境が苦境に立たされるのは知っていた。

知りながら——今回の作戦を実行した。

「大いに結構よ。その方が、王国にとって都合が良いわ」

言い切るミレーヌに、イバンは僅かに首をすくめる。

「本当に昔と変わらず怖い人だ。ミレーヌ様が連合王国に残られていれば、女王陛下と呼んでいたかもしれませんね」

◇

「あり得ない！　絶対にあり得ない！」
談話室。
集まったのは、普段のメンバーだ。
俺と婚約者三人、そしてマリエと愉快な仲間たち。
今回はそこに、フィンの姿もある。
ただ、フィンはソファーに座って黙って話を聞いているだけだった。
どうやら、俺たちの戦争に何か意見を言うつもりはないらしい。
部外者であるため、その方がありがたい。
そして、談話室であり得ないと叫んでいるのはブラッドだ。
ブラッドの実家は辺境伯――これは国境を守る貴族に与えられる爵位だ。
伯爵家よりも上の爵位で、規模的にも伯爵家より上――侯爵家や公爵家の規模になる。
それだけの領地を持たされている理由は、国境を守るためだ。
国境の守りに関しては、俺たちの中でブラッドが一番詳しかった。
会議の結果を伝えると、ブラッドは一人で焦っていた。

身振り手振りを加えて、俺たちにこの状況がまずいと知らせてくる。

「王妃様の判断に文句を言いたくはないが、今回ばかりは賛成できないよ。リオンをこのままフレーザー家に配置すれば、他の国境が苦労する」

その話を聞いて、クリスが不思議そうにしている。

「確かに大変だろうが、普段から守りは固めているはずだ。多少苦戦するだろうが、王国にはリオン以外にも戦力がある。増援は送られると思うが？」

クリスの話を聞いて、五馬鹿の残りの面子(めんつ)は渋い表情をしていた。

宮廷貴族育ちで、なおかつ剣の修行を重視してきたのがクリスだ。

軍事的な面において、他の四人に見識で劣っているのは否めない。

危機感は持っているが、ブラッドが慌てるほどではないと考えているらしい。

ブラッドがクリスに怒鳴る。

「リオンが動かないと知れば、敵は全力で攻め込んでくるんだよ！　それも一斉に！　全ての戦場に、増援を派遣できると思っているのか!?」

「い、いや、それは無理だと思うが」

「問題はそれだけじゃない」

ブラッドがソファーに腰を下ろすと、両手で顔を隠した。

「――自分たちが見捨てられたと思えば、必ず裏切り者が出てくる」

断言するブラッドに、アンジェが問う。

「本当に裏切ると思うか？　敵に寝返ってまで、リオンを敵に回すとは考えにくい」

「見捨てられたと思えば、裏切っても仕方がないって。敵に滅ぼされるくらいなら、寝返って少しでも生き残る道を選ぶさ。いずれ、国境を素通りさせる貴族たちが出てくるぞ。そうなれば、被害は広がり続ける」

素通りしてきた敵が、ホルファート王国を荒らし回るとブラッドは予想する。

ソファーに座って腕を組むグレッグが、過去に聞いた話をする。

「そういえば、国境の貴族たちは敵国と独自のパイプがあるって聞いたことがあるな」

国境を守りながら、敵と通じているなど裏切り行為だ。

国境の貴族たちにも言い分があるのか、ブラッドが彼らの気持ちを代弁する。

「争い合っている相手だが、交渉だって必要になってくるさ」

捕虜を得た際には、身代金の支払いや捕虜交換も必要になってくる。

ただ殺し合うだけではなく、時には話し合いも必要だった。

そのために繋がりを持っている場合が多いのだが、それを他者が見れば敵と内通しているようにも見えてくる。

グレッグは不満そうにしていることから、敵との繋がりを持つのが許せないらしい。

ユリウスの方は、単純なグレッグよりも柔軟だ。

「国でも同じだからな。だが、今の問題は母上の判断だ。何故、このタイミングでリオンをこの国境に配置したのか気になっていた」

俺がどこにいるかで、状況が大きく変わるというのはあまり嬉しくない。

ルクシオンが俺をからかってくる。

『マスターに振り回される国家が不憫ですね。滑稽とも言えますが』

「俺の責任重すぎ」

責任の重さに嫌気が差していると、顔に出たのかリビアが肘で小突いてくる。

「リオンさん、もう少し真面目にして下さい」

口を閉じると、ジルクがミレーヌさんの実家について話をする。

「王妃様のご実家は、レパルト連合王国の盟主国です。議会の長を務めているまとめ役ですが、実質的にトップですからね」

ノエルが口を開く。

「アルゼルと同じだ」

ジルクはノエルに微笑みながら、違いについて語る。

「議会制ではありますが、盟主国の権限が強い国ですね。ですから、王妃様にとっては連合王国自体が故郷なのです」

ノエルが首をかしげる。

「だから？」

「祖国を守るためなら、王国に被害が出ても構わない――そのように考えている可能性も否定できません」

ジルクの言葉に部屋の中にいる全員が睨み付けるも、本人は気にした様子がない。

ユリウスがジルクを責める。

「言い過ぎだぞ。それに、母上にとって王国は第二の故郷だ」

「そう願いたいですが、王妃様の行動は不可解なのも事実ですよ」

ユリウスに反論するジルクだが、その物言いは柔らかい。

そして、ジルクは宮廷貴族の立場から話を続ける。

「国境の貴族たちは大変でしょうが、宮廷貴族たちはむしろ喜んでいるでしょうね」

ジルクの考えに、同じく宮廷貴族の家に生まれたクリスが顔をしかめている。

不快に感じたのか、声が少し大きい。

「お前と一緒にするな。私はこの状況に心を痛めているぞ」

「クリス君は理解していませんね。我々にとって、地方の領主貴族は潜在的に敵なのです。それは、旧公国との戦争で理解したはずですよ」

ホルファート王国が領主貴族を嫌い、締め付ける政策を行ってきたのは事実だ。

それを言われては、クリスも反論できないのか口をつぐむ。

宮廷貴族について詳しいジルクは、この状況を打開する方法を知っているようだ。

談話室をゆっくりと歩きながら、左手は右肘を掴む。

右手でアゴを撫でながら、俺たちに自分の考えを聞かせてくる。

――が名探偵にでもなったつもりだろうか？　余裕ぶった態度に苛々してしまう。

「この戦いを乗り切ったとしても、王国は国内にいつ裏切るかわからない領主貴族たちを抱えたままになります。宮廷貴族たちからすれば、この機会に敵と一緒に弱体化して欲しいでしょう」

宮廷貴族であるジルクが言うと、説得力が増すな。

国境を守る領主貴族出身のブラッドは、我慢ならないようだ。

「宮廷貴族はそうやって王家ばかりを優先するから駄目なんだ」

ジルクは謝罪をするが、顔は笑っていた。

「私も宮廷貴族出身ですから耳が痛いですね。国境を守るブラッド君の実家を思うと心が痛いですよ。さて、解決方法ですが――」

皆が口を閉じる中、どこからともなくお腹が鳴る音がする。

ぐぐぅ～、という割と大きな音だが、妙に気が抜けてしまった。

張り詰めた場の空気が一瞬で崩れ去ると、グレッグが立ち上がった。

「こんな時に腹を鳴らすのは誰だ？　もっと緊張感を持てよ」

周囲に視線を巡らせるグレッグだったが、俯いて手を上げる人物を見ると途端に狼狽えていた。

皆の視線がマリエに集まっている。

マリエは頬を引きつらせながら、皆から視線を逸らして恥ずかしそうにしている。

「ご、ごめんなさい」

謝罪するマリエを見て、五馬鹿が一斉に態度を変える。

ユリウスはどこからか前掛けとはちまきを取り出し、串を焼く準備に取りかかる。

「それなら俺の出番だな。待っていろ、マリエ——お前のために最高の串を焼いてやる」

マリエはユリウスの行動に待ったをかけるが。

「待って！　昨日もその前も串焼きだったじゃない！　他のものが食べた——って！　私の話を聞けよ！」

ユリウスが部屋を飛び出すと、ブラッドがマリエの手を握る。

「恥ずかしがることはないよ、マリエ。君のお腹から奏でられる音色は最高さ。僕も、君のために何かお菓子を用意してこよう」

マリエは頬を引きつらせている。

腹の音が美しいなどと言われても、素直に喜べないのだろう。

「そ、そう」

微妙な顔をするマリエを放置して、ブラッドが駆け出す。

すると、今度はクリスが眼鏡を輝かせていた。

「皆が食べ物を用意するなら、私は風呂だな。マリエのために、風呂場を磨いてくる！」

マリエはクリスの行動が理解できないのか、頭を振っていた。

「ごめん、なんでお風呂なのか理解できない」

マリエを無視してクリスが部屋を飛び出すと、今度はグレッグだ。

腹を鳴らしたのがマリエとは思わず、随分と強気の態度だったのが嘘のようだ。

「すまなかった、マリエ。だが、可愛い腹の音だったぜ。お前のために、俺は鶏肉を用意してくる」

どいつもこいつも、自分の好みを揃えるために部屋を出て行く。

残されたマリエが呆然と立ち尽くしていると、カイルが慰めてくる。

「――ご主人様は相変わらず大変ですね。僕は同情しますよ」

マリエの哀れな姿を見ていたカーラは、涙をハンカチで拭っていた。

「これでも以前より改善したんですけどね」

最後に残ったのはジルクだった。

「それでは私もマリエさんのために紅茶を――え？」

出て行こうとするジルクの襟をアンジェが掴むと、強引に引き寄せて部屋に留まらせる。

「お前は待て。先程の話が終わっていないだろうが！　何か解決策があるんじゃないのか？」

笑えない屑。一番の卑怯者。

五馬鹿の中で評価が一番低いジルクだが、割と頼りになるのも事実だ。

先程の名探偵のような推理も途中のため、残された俺たちは気分が悪い。

アンジェも話を最後まで聞きたいから、ジルクを部屋に残したのだろうが――。

「放して下さい。今はマリエさんが優先――ぶふっ！」

部屋を出て行こうとするジルクの頬を、アンジェが問答無用で平手打ちした。

スナップの利いた平手打ちに、ジルクが床に倒れ込む。

「酷いじゃないですか！」

抗議するジルクだったが、アンジェもリビアも――そして、ノエルまでもがジルクを囲む。

「いいから続きを話せ」

「拒否します。私は暴力に屈したりしませんよ」

アンジェに脅されたジルクだが、不機嫌になったのか顔を背けてしまった。

様子を見ていたマリエに俺が視線を向けると、ため息を吐いてジルクに命令する。

「いいから、さっさと説明しなさい！　気になるじゃない」

マリエに圧倒されたジルクは、渋々ながらも話をすることに。

「マリエさんに言われては仕方がありませんね」

その際に俺に視線を向けてきた。

「――王妃様や宮廷貴族たちの詳しい狙いは知りませんが、国境の貴族たちが裏切るのを回避する方法はあります。そのためには、リオン君の船が必要です」

ジルクが俺の船を借りたいと言い出したので、会話に参加する。

「アインホルンを？」

「リコルヌでも構いません。それから、共和国で手に入れた宝珠がありますよね？」

「うちの実家に保管してあるけど、何に使うつもりだよ？」

「ラーシェル以外の国と交渉です」

ジルクが交渉すると言い出すと、アンジェが失望したのか興味を失ったようだ。

「馬鹿馬鹿しい。既に交渉はしているが、どれも失敗に終わっていると聞いている」

王国もラーシェルと同盟を結んだ国々に働きかけていたが、結果はよろしくなかったらしい。

だが、ジルクは自信を持っていた。

「失敗したのは私も聞いていますよ。ですが、私なら成功させられます。まずは一番弱い国から切り崩しましょうか」

俺は腕を組み、少し考えてから答える。

「――何を用意すればいい？」

ジルクに必要な物を尋ねる。

ルクシオンは呆れたように赤いレンズを左右に振るが、止めようとは思っていないらしい。

『ジルクを信用するのですか？』

「戦争を回避できるなら、色々と試すべきだろ？」

アンジェたちが驚いた顔をするが、今はジルクを頼ると決めた。

ジルクは真剣な眼差しを俺に向けてくる。

「それでは、交渉材料の宝珠を複数用意して貰います。他には、護衛が欲しいですね。グレッグ君とクリス君を貸していただきたい」

確かに、あの二人なら護衛に適任ではある。

「俺から命令しておく」

ジルクはついでに、と。

「それから、ブラッド君も連れて行きます。彼の場合、国境の貴族たちとの繋ぎ役ですね。それに、ブラッド君は国境を守る貴族たちの心情に詳しい。相談役として活躍してくれるでしょうから」

「別に良いけど、ユリウス以外全員じゃないか」

「流石の私も殿下はこき使えませんよ」

「それはつまり、他の三人はこき使うつもりか？」

「この危機を乗り越えるためです。三人にも働いてもらいませんとね」

俺は小さくため息を吐く。

ジルクの提案を受け入れるのは気に入らないが、ここは四人に働いてもらうとしよう。

「わかった。全部準備してやる。三人ともこき使っていいぞ」

すると、ジルクは少し考え込むと、俺を見て笑みを浮かべた。

その仕草が気になったので、ジルクに尋ねる。

「何だよ？　人の顔を見てニヤニヤしやがって」

「いえ、全て受け入れるとは思わなかったものですから。それでは、私は上司の期待に応えるために、頑張らせてもらいますよ」

ジルクが立ち上がって部屋を出て行くと、リビアが不安そうにしていた。

「リオンさん、本当に良かったんですか？　ジルクさんですよ？」

ハッキリとは言わないが、リビアはジルクを信用していなかった。

まぁ、これまでのあいつを見ていれば無理もない。

ノエルも俺の判断を不安に思っているようだ。

「いいの？　笑えない屑って聞いているんだけど？　実際、共和国でも一人だけ笑えないことをしていたわよね？」

　アンジェは額を手で押さえていた。

「リオンの判断は尊重するが、あいつは余計なことをするからな」

　散々な評価だが、俺はジルクを信じている。

「駄目で元々だ。それに、あいつは卑怯だからな」

　ルクシオンがその場で時計回りに一回転した。

『卑怯者を信じると？』

「戦いで卑怯は褒め言葉だ。お前の台詞だろ？」

　ルクシオンは、それ以上の問答を止めて俺の命令に従う。

『――リコルヌの発進準備を進めます』

◇

　翌朝。

　ミレーヌはフレーザー侯爵家の城の廊下を歩いていた。

　焦っているのか、早歩きのためメイドたちを置き去りにしている。

「ミレーヌ様、お待ち下さい！」

　ミレーヌが急いでいる理由は、朝から嫌な知らせを聞いたからだ。

向かった先は、リオンたちに宛てがわれた部屋の一室。

リオンたちが休憩やら雑談に使用している部屋である。

扉をやや乱暴に開け放つと、そこにいたのはアンジェだった。

ミレーヌが来るとは思っていなかったのか、少し驚いた顔をしている。

「――私から伺うつもりでした」

アンジェがそう言うと、ミレーヌが勝手な行動を責める。

「リコルヌが港を出発したと知らせを受けました。乗っているのは公爵本人かしら？」

朝一にリコルヌが港を出港したと聞いて、ミレーヌは慌てて確認を取りに来た。

このタイミングでリコルヌがフレーザー領を離れるのは、ミレーヌにとって計画にはない事態だ。

アンジェは肩をすくめる。

「命令を出したのはリオン本人ですが、乗っているのはジルクたちです」

ミレーヌはリオンの浅はかさを悔やむ。

「何てことを。アンジェ、どうして止めなかったのですか？　ラーシェルを封じ込めるためにも、アインホルン級は二隻必要だと教えましたよね？」

事前に二隻ともフレーザー領でしばらく待機させる、と約束していた。

それを反故にされたミレーヌの憤りは正当なものだろう。

だが、アンジェが優先するのはリオンだ。

「リオンの判断です。私も正しいと思い、止めることはしませんでした」

ミレーヌは深いため息を吐く。

「――公爵本人はこの城にいるのですね？」

「もちろんです」

「それでは構いません。レパルトの外交官にも、フレーザー侯爵にも私から説明しておきます」

そう言って部屋を出て行くミレーヌは、眉根を寄せて下唇を噛んでいた。

（彼の甘さを見誤っていたわ）

◇

フレーザー家の客室。

カールが使用する部屋は、使用人たちが使うような部屋だった。

前世で言うならビジネスホテルのような部屋だ。

そこに訪れたフィンは、不満そうなカールを見て笑っている。

「お似合いだな、爺さん」

「五月蠅（うるさ）いぞ、小僧。まったく、わしを誰だと思っているのか」

「お忍びで来たのに、立場を持ち出すのはフェアじゃないな。フレーザー家を責めるのはお門違いだ」

正論を言われたカールは、不満そうにしながらも口を閉じる。

フィンが部屋にあるソファーに腰を下ろすと、カールが尋ねてくる。

「それで、外道騎士の様子はどうだ？」

カールの質問に、フィンは困ったように答える。

「戦争を回避しようとしている。――なぁ、爺さん。俺は、あいつが噂で聞くような悪い奴には思えないんだ。それに――友達なんだよ」

リオンについて語るフィンに、カールは視線を落とした。

「人付き合いを嫌うお前が珍しいな。だが、判断するのはわしの仕事だ」

フィンは肩をすくめると、カールをからかう。

「仕事を放り投げてこの場にいる癖に」

「お前は本当に口の減らない小僧だよ。それより、ミアはどうしている？」

ミアのことを尋ねられたフィンは、素直に答える。

「王女様たちとフレーザー領の観光だ。黒助（くろすけ）を側に置いているから心配ない」

カールはそれを聞いて僅かに微笑む。

「そうか。この国の王女とは同い年だったな。仲良くやっているようで何よりだ」

嬉しそうなカールに、フィンは学園でのミアについて話をする。

「こっちも悪くない環境だ。友達も増えて、ミアも楽しそうだからな。俺としては、王女様が転生者で驚いたよ」

「わしも手紙で知らされて驚いた。まったく、何のためにわしらは転生しているのか」

第04話「神聖王の思惑」

ラーシェル神聖王国首都――白の都。

巨大な湖の上に存在する浮島には、白亜の城を中心に城下町が広がっていた。

建物がこれでもかと詰め込まれたような城下町は、輝くような城とは違って雑多だ。

白く輝くのは城だけ。

それでもラーシェルの人々は、白の都を名乗っている。

そんな都の城の主である神聖王は、肥満体型で白髪や白髭を伸ばした老人だった。

偉大なる陛下と呼ばれる彼は、謁見の間でホルファート王国から帰ってきた使者と面会している。

「ホルファート王国は、恐れ多くも偉大なる陛下の慈悲を蹴り、戦いの準備に入りました」

膝を突いて頭を垂れる使者の芝居がかった振る舞いに、謁見の間に並ぶ貴族たちは憤慨(ふんがい)した声を上げる。

「愚か者共だな」

「これだから卑しい身分の者たちは」

「度し難い連中だ」

ホルファート王国を見下す発言が目立つ中、神聖王は右手を挙げて騒ぎを収める。

そして、自慢の髭を撫でながら。

「仕方があるまい。それでは、我々も戦いの準備を始めようではないか」

貴族たちが一斉に膝を突いて神聖王に頭を下げる。

「はっ！　偉大なる陛下の仰せのままに」

謁見の間を出た神聖王は、控え室で体を休めていた。

リクライニングチェアに座り、周囲には美女たちが侍っている。

重たい王冠をテーブルに置き、装飾の多い服は脱ぎ捨てていた。

靴も脱ぎ、下着姿である。

侍らせている美女たちが持つのは、神聖王が口にする果物や飲み物。

口を開けた神聖王に、美女の一人が果実の皮をむいて口に入れた。

それを咀嚼(そしゃく)する神聖王は、部屋に来た宰相に視線を向ける。

「――それで、奴らの動きはどうなっている？」

奴ら、とはホルファート王国だ。

謁見の間では仰々しかった宰相だが、この場では事務的な態度である。

「レパルトの腹黒姫。いえ、ミレーヌ王妃がフレーザー領に王女を連れて入りました。外道騎士と、奴の持つ飛行戦艦二隻を伴っています」

それを聞いても、神聖王は慌てる様子がない。

むしろ、笑みを浮かべている。

「外道騎士を攻め込ませ、我が国を滅ぼすつもりかな？」

試すような問いかけを行うと、宰相は困ったように笑っていた。

「ミレーヌ王妃が許さないでしょう。彼女が短絡的であれば、我々は苦労などしていませんからね」

鼻を鳴らした神聖王は、ミレーヌについて語る。

「ローランドも曲者で手を焼かされて来たが、腹黒姫にも苦労させられる」

宰相も忌々しそうな顔をする。

「今回はローランドの動きが見えません。奴が、何も仕掛けてこないのは不気味ですね」

意外なことに、ラーシェルではローランドの評価は低くない。

敵国に曲者と呼ばれ、憎らしく思われる程度には活躍をしていた。

ただ、神聖王と宰相が現在注視しているのは、外道騎士と呼ばれるリオンだ。

神聖王がリオンについて尋ねる。

「フレーザー領に入った外道騎士は何をしている？」

「間者の報告では、ミレーヌ王妃に言われるまま待機しているそうです。外道騎士が、ミレーヌ王妃に恋慕（れんぼ）しているという噂は事実のようですね」

リオンとミレーヌの関係は、外国にまで知れ渡っていた。

だが、神聖王は理解できないという顔をする。

「あの腹黒姫を好く男がいるとは意外だな」

「同感です」

二人とも、ミレーヌを女性としては見ていなかった。

散々煮え湯を飲まされてきた敵、というのが二人の認識だ。

宰相が神聖王に確認する。

「陛下、予定通り戦力を白の都に集結させております」

「うむ」

「同盟を結んだ国々から使者が訪れ、我々の出陣や増援を願い出ておりますが？」

「理由をつけて拒否しろ。幸いなことに、外道騎士と向かい合っている状況だ。我らが外道騎士を食い止めていると言っておけ」

ラーシェル神聖王国は、使者に威勢の良い宣戦布告をさせながら自分たちは攻め込むつもりがなかった。

守りを固め、このままフレーザー領に入ったリオンと対峙し続ける予定である。

宰相が安堵のため息を吐く。

「それを聞いて安心しました。現状、あの外道騎士を止める手立てはありませんからね」

神聖王が口を大きく開けて笑うと、上半身を起こして前のめりになる。

「あの腹黒姫ならば、馬鹿正直にここを攻めることはしないだろうからな。何しろ、それをすれば超大国である帝国が動く」

帝国――ヴォルデノワ神聖魔法帝国は、大国と呼ばれるホルファート王国やラーシェル神聖王国から見ても強大だった。

そんな国が参戦する理由をミレーヌは作らない、と敵である神聖王と宰相は信頼していた。

あのミレーヌならば、馬鹿な真似はしないだろう、と。

宰相が口角を上げて笑っている。

「幾ら外道騎士が強くとも、世界を敵に回せば戦えないでしょう」

帝国が動けば、従属国を始め様々な国が動き始める。

強力なロストアイテムを手に入れたホルファート王国を放置できないと、多くの国家がこの戦いに参加するだろう。

ただ、宰相には懸念があった。

「ですが、世界を敵に回しても戦える力を持っていれば厄介です。伝え聞く外道騎士の力は、我らの想定を超えています」

神聖王も危機感は抱いていたが、宰相ほど焦ってはいなかった。

「世界を手に入れる力があるなら、行使するのが人間だ。それをしないというのは、出来ない理由があるからだ。特に、過ぎた力を手に入れた子供は、それを見せびらかしたくなるものだろう？」

「おとぎ話によく出てきますね。ロストアイテムを手に入れ、やり過ぎてしまい不幸になる話は多い」

「別に戦争で勝敗をつける必要はない。外道騎士の強さが我らの想定を超えているなら、今度は他国と協力してあらゆる手段で苦しめればいい」

「――確かに有効です。ホルファート王国は、魔石を他国から輸入していますからね。アルゼル共和国から購入できず、国内で問題が発生していると聞きます」

神聖王は再び背もたれに体を預ける。

「だから、わしらは何もしない。どちらに転んでもいいように、外道騎士とは戦わないのが賢明だ。その間に、帝国に動いてもらえれば最高だな」

宰相が微笑む。理由は、既に帝国に働きかけているからだ。

「帝国も外道騎士を警戒しているそうですからね。使者たちの話では、この戦いに興味を示しているそうですよ」

神聖王が目を閉じる。

「外道騎士は目立ちすぎたな。おかげで、全てがわしらの思い通りに進む」

宰相が同意する。

「彼のおかげで、我々は何もせず勝利できそうですね」

大きな力を持つが故に、リオンは世界に危険な存在として認識されつつあった。

◇

「ここがフレーザー領自慢の観光地です！」

エリヤに連れられてやって来たのは、観光地らしき湖だった。

湖の周りは防護柵で囲まれ、手すりが用意されている。

マリエは手すりに掴まり、身を乗り出して湖の光景を見ていた。

エリヤに対して厳しい視線と態度を取っていたのに、それも忘れて感激している。

「これが湖!?」

マリエが驚いている理由は、湖の直上数百メートル程に小さな浮島が存在するためだ。

その小さな浮島は、湖から水を吸い上げている。

直径数メートルの水の柱が天に昇っているのだが、小さな浮島から水がこぼれていた。

巨大な天然の噴水――それが相応しい説明だろう。

俺もその光景を見て声が出てしまう。

「確かに迫力があるな」

見惚れていると、俺の隣にいたリビアが本で得ただろう知識を披露する。本で得たと思ったのは、リビアも生で見たのは初めてのようだったからだ。

瞳をキラキラと輝かせて、天然の噴水を見ている。

「凄く珍しい光景ですよ。全長百メートルの浮島が、水を吸い上げるのも希ですからね。この場所に運んだのか、それとも流れてきたのかは不明ですけど」

アンジェの方は、アゴに手を当てて考え込んでいた。

「惜しむのは、ここが国境で観光地に適さないことだな。もっと内陸にあれば、観光地として更に発展しただろうに」

領主の立場から観光地を眺めるアンジェに、ノエルは困った顔をしていた。

目の前の光景に、観光地としての収入云々を考えているアンジェが信じられないようだ。

ノエルは呆れながらアンジェに尋ねる。

「感動とかしないの？」

「しているが？」

「いや、もっと凄いとか、色々とあるでしょ？　ほら、湖を見てよ。恋人同士がボートに乗っているしさ」

ノエルが指さした方を見れば、そこにはボートに乗る恋人や家族の姿があった。

湖に浮かぶボート。

船が空を飛ぶこの世界では、何とも頼りなく見えるのだろう。

アンジェが顔をしかめている。

「飛ばない船にはあまり興味がない」

――これが文化の違いというものだろうか？　俺からすれば、船というのは水の上、というイメージが強い。

すると、何か思い付いたノエルが俺の腕に抱きついてくる。

「だったら、あたしがリオンと乗ってもいいよね？　リオンもいいでしょ？」

「ノエルさんは狡（ずる）いです」

「ノエル、順番だ。お前一人抜け駆けをするな」

即答すると、アンジェとリビアがハッとした顔をする。

「別にいいよ」

マリエはボートを貸し出す桟橋を見ていた。

リオンとノエルが、ボートに乗りながら何か騒いでいる声が聞こえてくる。

「本当に兄貴はのんきよね」

手すりに体を預け、リオンの姿を見ながらため息を吐いた。

そんなマリエに近付いてくるのは、エリカだった。

「伯父さん、前より積極的だね」

「エリカ？　エリヤって小僧は？」

マリエが周囲を警戒すると、そこにエリヤの姿はなかった。

エリカが髪をかきあげて、髪の毛を耳の後ろに持っていく。

「母さんと話したいから、ちょっとお使いを頼んじゃった」

「頼んじゃったって——あの子、侯爵家の跡取りよね？　そんなことをさせていいの？」

エリヤに対して厳しいマリエだが、相手の立場も理解している。

侯爵家の跡取りというのは、言ってしまえば廃嫡前の五馬鹿と同じだ。

見た目が優しそうで忘れがちになるが、エリヤも貴公子である。

エリカはクスクスと笑っている。

「だって私はこの国の王女だもの」

「そ、それもそうね」

エリカもホルファート王国の王女であるから、エリヤをこき使っても冗談で済む。もっとも、それは互いの関係がうまくいっているからだ。

不仲であれば、問題になっていた。

エリカはマリエに自分の胸の内を語る。

「母さんと伯父さんが、私のために色々と頑張っているのは知っているよ」

「エリカ？」

「――でもね、前にも言ったけど、私はエリヤとの婚約も結婚も受け入れているの。だから、邪魔はしないで欲しいかなって」

「わ、私は！　私はそれでも、エリカに幸せになって欲しい！　好きな人と付き合って、青春を楽しんで――そ、それから、それから――」

前世の後悔から、マリエはエリカに幸せになって欲しかった。

もっと普通の幸せを味わって欲しかった。

だが、エリカは言う。

「――もっと先の時代なら、それも良かったかもね。でも、私はこの国の王女様だから、自由に出来ないんだよ」

「そんなの、兄貴がなんとでもしてくれるわよ！」

「母さん？」

「エリカは知らないだろうけど、兄貴は何だって解決してくれたわ。アンタのためなら、兄貴も全力を出すから。だから、ちゃんと幸せになってよ」

俯いて涙を流すマリエから視線を逸らすエリカは、湖でボートに乗っているリオンたちを見た。

「私は幸せだったよ」

すると、エリカに買い物を頼まれたエリヤが、その手に飲み物を持って現れる。

「エリカ、買ってきたよ！」

遠くからエリヤが走ってくる姿を見て、マリエは涙を拭った。

そして、エリカを見る。

「本当にあの子でいいの？　もっとかっこいい男は沢山いるわよ」

マリエが美形の男子を薦めると、エリカは困ったように笑っていた。どうやら、マリエとは異性についての考え方が違うらしい。

「私は可愛いと思うけど？　それにね――いい男は自分で育てないとね」

「え？」

エリカは歩き出してエリヤに近付きながら、マリエに話をする。

「だってそうでしょ？　いい男を見つけるより、自分好みに育てた方が絶対いいわよ」

前世の娘の価値観を知り、マリエは自分の中で納得がいった。

（あぁ、そうか。この子はエリヤをここまでまともに育てたのね。何というか、末恐ろしい？　違うな——たくましい？）

マリエは、二人の関係を認めて祝福することにした。

そして、近付いてきたエリヤに、マリエは言う。

「あんた」

「はい？」

「——色々と頑張りなさいよ」

「え？　あ、はい」

◇

ボートの上。

ノエルとリビアを乗せた後、最後はアンジェの番だった。

本来なら一番に乗るかと思っていたが、俺と話があると言って最後を選んでいた。

アンジェが手を伸ばして水面に触れる。

「ミレーヌ様と話をしたが、私では説得できなかったよ」

「そっか」

オールを漕ぐ俺は、アンジェからミレーヌさんについて話を聞く。

「あの方は随分と焦っている。祖国のため、王国のため——いや、王家のためだな。お前を利用して今の王家を盤石にするつもりだ」

アンジェの話を聞いているのは、俺とルクシオンだ。ルクシオンは、ボートの船首に移動して進路方向を確認している。

どうやら、会話に加わるつもりはないらしい。

「戦争やら政争やら、俺には荷が重い話だね。——それで、リコルヌを出した話はどうなったの？」

「激怒しているんじゃないか？　お前相手に怒らないだけで、腸が煮えくりかえる思いだろうな」

勝手にリコルヌを出航させたため、ミレーヌさんがお怒りだと聞いている。

だが、俺と会えばニコニコと笑って世間話をするだけだ。

それがとても悲しかった。

本音を語らず、俺に気を遣っているのが伝わってくる。

いや、気を遣っているというよりも、腫れ物に触るような扱いか？

俺の扱いに慎重になりすぎている。

オールを漕ぎながら考えていると、アンジェがクスクスと笑いながら尋ねてくる。

「ミレーヌ様に嫌われて落ち込んでいるなら、慰めてやろうか？」

「――そんなんじゃない」

「拗ねるなよ。からかう気持ちもあるが、慰めてやろうと思ったのは本心だ。――また、お前に負担をかけてしまうからな」

戦争が始まれば、嫌でも戦いに駆り出されるのが騎士――貴族だ。

アンジェは水面を見ながら、ミレーヌさんについて話をする。

「あの方とお前の目指す場所は違う。このままいけば、いずれぶつかるぞ。ミレーヌ様と敵対する覚悟はあるか？」

「あの人とは争いたくないな」

優柔不断な返答をすると、アンジェはため息を吐いていた。

そして、少し悲しそうな顔をして俺を見る。

「ミレーヌ様は、お前が思うほど優しくはない。手強い相手だというのを忘れるなよ」

――いつの間にか、俺はミレーヌさんとも微妙な関係になっていた。

このままでは、政敵として争う関係になるらしい。

「どうしたものかな？　アンジェ、解決策とかない？」

冗談交じりに尋ねると、アンジェは水を手ですくって俺の顔にかけてくる。

アンジェは笑顔だったが、呆れつつも少し怒っているようだ。

「私に女の世話までさせるつもりか？」

◇

リオンたちがフレーザー領で観光を楽しんでいる頃。

一度バルトファルト男爵領を訪れたリコルヌは、宝珠を回収すると対ホルファート王国で軍事同盟を結んだ小国へとやって来ていた。

港に到着すると、リコルヌは騎士たちが乗り込む鎧に囲まれていた。

物々しい警備の中を歩くジルクの後ろには、不満を隠そうともしないグレッグ、クリスが付き従っていた。

ジルクは顔だけ振り返ると、二人を注意する。

「二人とも、もう少し真面目にしてくれませんかね？　これは王国の未来に関わる重要な交渉ですよ」

クリスはジルクから顔を背けた。

「理解はしているが、どうして私たちがお前の部下扱いになる？　こればかりは、リオンの判断ミスだ」

グレッグは頭の後ろで手を組むと、周囲に視線を巡らせる。

「そもそも、やって来たのが国と呼べるか怪しい小国じゃないか。この国を説得できたとしても、たいして変わらないぞ」

小国一国が同盟を抜けたとしても、大勢に影響はない。

だが、ジルクもそれは理解していた。

「大事なのはこれからですよ。それにしても、ブラッド君のおかげでスムーズに会談ができたのは助かりましたね」

話を振られるブラッドは、緊張した様子でジルクの隣を歩いていた。

国境を守る辺境伯家に生まれたブラッドには、他の国境を守る貴族たちと繋がりがあった。それを利用して、敵国に会談を申し込んだわけだ。

「悪いが、僕個人はこの国と関わりがない。交渉が有利に運ぶとは思わないで欲しいね」

「そこまで期待していません」

「してないのかよ！　それはそれで腹が立つね！」

頼られても困ると言いながら、当てにされていないと知ると腹が立つ。

そんなブラッドをジルクはからかう。

「ブラッド君の活躍は、ファンオース公爵家との交渉までお預けですね」

「ファンオース？　ヘルトルーデとも交渉するのか？　あそこは――」

ブラッドが難しそうな表情をすると、ジルクは自信に満ちた顔をする。

「敵に回る可能性は高いでしょうが、案外こちらに協力してくれるかもしれませんよ」

「根拠があるのか？」

ブラッドの疑う視線を受けながら、ジルクは前を向くと表情を引き締める。

「まぁ、その時になれば判明しますよ」

◇

小国との会談。

ジルクは三人を自分の後ろに下がらせ、小国の大臣と話をしていた。

謁見の間で小国の国王と面会しないのは、先に事務的な話を終わらせるためだ。

普段は小国としてホルファート王国に腰の低い大臣も、今の状勢ではソファーにふんぞり返っている。

「ホルファート王国から子供が四人も派遣されてくるとは思わなかった。聞けば、実家を廃嫡された放蕩息子たちだそうだね」

いきなり嫌みを言ってくる大臣に、ジルクは微笑みながら受け答えをする。

「耳が痛いですね」

「それで？　今回はどんな交渉をするつもりなのかな？　以前に来た時は、寝返れば多額の資金を用意すると言っていたが？」

以前に来た外交官は、資金で小国を寝返らせようとしたらしい。

しかし、相手はホルファート王国に攻め込み、略奪で稼ごうと思っているのだろう。

端金(はしたがね)では動かない、と言っているようだった。

ジルクが相手をあざ笑うのを我慢しながら、爽やかな笑みを浮かべて交渉を始める。

まずは――。

「戦争が始まれば、私の寄親――上司であるリオン・フォウ・バルトファルトが、この国を最初に滅ぼします」

――いきなり脅しにかかった。

驚いた大臣は、何度も瞬きをしていた。

外道騎士がこの国を最初に滅ぼしに来ると聞いて、急に落ち着かなくなった。

「は、ハッタリだ。この国を攻めるよりも、ラーシェルや大国を標的にするはずだ。いや、国内に入り込んだ敵を叩くのが先だろう」

ジルクの発言を嘘と断言するが、動揺している様子から見て可能性は考えたのだろう。

ジルクは大臣の話を何度も頷いて聞いた後に、笑みを消して告げる。

「上司がいつも言っているのですよ。叩くなら、弱い場所からだ、とね。本来は滅ぼすような真似はしたくないと言っていましたが、状況が状況です。戦いが始まれば、徹底的にやるのがうちの上司のやり方でしてね」

大臣が冷や汗をかいている。

ジルクが指を鳴らすと、不満そうにグレッグが持ってきた荷物の箱をテーブルの上に置いた。

大臣や官僚たちは、慌てているのか制止する声も出せないでいた。

ジルクが箱を開けると、そこには白く輝く丸い玉が入っていた。

「こ、これは？」

大臣も官僚も、差し出された代物を理解できずにいた。

ジルクは親切丁寧に説明する。

「うちの上司が共和国での戦いで手に入れた宝珠です。ご存じありませんか？　この宝珠には、大量の魔石と同等の魔力が封じられているのですよ。これを利用すれば、エネルギー問題にしばらく頭を悩ませる心配は消えますすね」

共和国でリオンが暴れ回った話を連想させつつ、目の前にあるのが宝珠だと教えてやる。

大臣や官僚たちが食い入るように見つめていた。

「こ、これが噂の宝珠か」

ジルクは言う。

「この場で寝返るなら、宝珠をお譲りしましょう。断るなら、開戦と同時にうちの上司が飛行船で攻め込んでくるだけです」

官僚たちは口ごもり、大臣は目を閉じて目頭を指先で揉んでいた。

◇

リコルヌの船内。

小国との会談を無事に終えた四人は、食堂に集まりテーブルを囲んで盛り上がっていた。

クリスは未だに信じられないらしい。

「王国の外交官が失敗した交渉をよく成功させたな」

ジルクの手腕に素直に感心しているようだ。

気をよくしたジルクが種明かしをする。

「アインホルン級で乗り込み、リオン君の名前を出しましたからね。王国の外交官では、安易に彼の名前は出せません。それに、宝珠という手土産も用意しましたからね」

成功して当たり前。

そんな態度のジルクに、ブラッドは目を細めている。

「リオンの名前で脅したようなものだね。それはそうと、今後も宝珠を配って回るのかい？」

ジルクは首をかしげた。ブラッドの質問に疑問を持ったらしい。

「どうしてそんなことをするのですか？　宝珠は貴重な代物ですよ」

「え？　でも、今後も同盟を切り崩すって」

ジルクは深いため息を吐いてから、額に手を当て、頭を振る。

「そんな勿体ないことはしませんよ。配っても三国まででしょうね。その後は、寝返った国があると教えてやれば、次々に寝返りますよ」

グレッグはジルクの話を聞いて、複雑な表情で首をかいていた。

「この手の分野はお前が一番だな」

褒めてはいるが、グレッグの表情には複雑な感情が出ている。

素直に褒めてはいないのだろうが、ジルクは気にしなかった。

「そんなに褒めないで下さいよ。それよりも、いくつか回った後にファンオース公爵家に向かいましょうか」

ブラッドが数回頷き、ジルクの提案を素直に受け入れる。

「わかった。先に実家に知らせておくよ」

最初の交渉が終わって安堵する四人を、クレアーレが興味深そうに観察していた。

青いレンズで見られて落ち着かないのか、ジルクが振り返って声をかける。

「何かご用ですか、クレアーレさん？」

紳士的な態度を取るジルクだったが、クレアーレには無意味だった。

『あんたは有能な屑ね。マスターを利用したから実験してやろうと思ったけど、交渉を成功させたから許してあげるわ』

「ははは、それはどうも。――え、実験？」

普段通り皮肉や嫌みを聞き流して笑っていたジルクだが、クレアーレの「実験」という言葉が気になった。

クレアーレは陽気な電子音声で教えてやる。

『性転換は試したから、次の実験の準備を進めていたの。あんたが実験対象にならなくて残念だけど、マスターの目的が達成できそうで嬉しいわ』

ジルクや他の四人が、陽気なクレアーレを見ながら顔を青ざめさせていた。

（こいつ、俺たちに何をするつもりだったんだ）

第05話「ファンオース公爵代理」

ファンオース公爵家の城。

無事に会談の約束を取り付けたジルクたちが、城を訪れると面会したのは公爵代理として働く【ヘルトルーデ・セラ・ファンオース】だった。

ストレートロングの艶のある黒髪が、彼女の白い肌を際立たせている。

特徴的なのは、アンジェと同じ赤い瞳だ。

以前よりも大人びた雰囲気となったヘルトルーデは、ファンオース公爵代理として領内を取り仕切っていた。

お姫様から公爵家の当主へ。以前はまだ幼さを残していたお姫様が、今は黒いシックなドレスを着こなしている。

「バルトファルト公爵は、ファンオース家に何を望むのかしら？」

謁見の間にて、かつて玉座だった椅子に座って肘を突いているヘルトルーデは、姿勢正しい姿ではない。

その態度が、ジルクたちを歓迎していないのを物語っていた。

ジルクは肩をすくめる。

「公爵代理、我々はホルファート王国のために――」

「嘘ね」

ジルクが王国のために交渉に来ていると言うと、ヘルトルーデはそれを即座に否定した。

謁見の間には公国時代の貴族の他に、ホルファート王国から派遣された駐在官の姿もあった。

敗北したファンオース公爵家を見張る役目を担っている彼は、どこか居心地悪そうにしている。

いつファンオース公爵家が、ホルファート王国を裏切るかわからないのだ。

今まで横柄に振る舞ってきたこともあり、自分が殺されるのではないか？　という不安を抱えているようだった。

ヘルトルーデは、右手を挙げると全員にこの場から出るように命令する。

「この者たちと話がしたいわ。全員、出て行きなさい」

すると、駐在官が待ったをかける。

「お待ち下さい！　そのような勝手な振る舞いは――」

「出て行けと言っているわ」

立場が逆転したため、駐在官は貴族たちに連れられて部屋を出て行く。何人かの貴族たちは、ヘルトルーデの身を案じて残りたいと申し出るも、却下されていた。

そうして、ジルクたちだけが謁見の間に残された。

すると、ヘルトルーデが姿勢を正す。

「よく来てくれたわ。いつまでも来ないようなら、こちらから出向いていたわ」

ヘルトルーデは笑みを浮かべており、先程とは態度が違う。

困惑するジルクは、それを表情に出さないように努める。

「歓迎されていると考えてよろしいですか？」

「もちろんよ。国内では今こそホルファート王国を滅ぼして積年の恨みを晴らそう、なんて騒いでいる貴族や民も多いけどね。――でも、私は彼の実力を評価しているの」

目を細めて弓なりにして微笑むヘルトルーデは、どこか怪しさを感じさせた。

ジルクは平静を装う。

（駐在官に随分と揉まれて、女君主として成長したようですね）

これは弱ったと思いながらも、交渉を続けなければならない。

「それでは、こちらに協力してくれると？」

「そんな都合の良い話があるとでも？」

ヘルトルーデはファンオース公爵家の現状について話し始める。

「既にラーシェル神聖王国から同盟に加わるように、と書状が届いているの。条件も良いから、貴族たちはそちらを支持しているわ」

「困りましたね。我々に出来る事があれば、何なりと言ってください。可能な限り、応えるつもりですよ」

ヘルトルーデは腕を組むと、玉座からジルクたちを見下ろしていた。

階段状に数段高い位置に玉座があるため、ジルクたちは常に見上げる形だ。

ヘルトルーデが協力する条件を述べる。

「ならば、王国からの独立を求めます。それから資金が必要ね。軍事力も欲しいわ。あなたたちが乗っていたアインホルン級を三隻ほど融通してくれる？　他の飛行戦艦も最低で百隻は欲しいわね。もちろん、補給物資も込みよ」

あまりの要求に、黙っていたブラッドが口を開いてしまう。

「ふっかけすぎだ」

だが、ヘルトルーデは微笑んだままだ。

紅を塗った唇に手を触れると、クスクスと笑っている。

「それなら、ファンオース家を敵に回す？　フィールド辺境伯が私たちの相手に注力すれば、他への支援が疎かになってしまうわね」

「ぐっ！」

ブラッドが言い返せず言葉を飲み込む。

ヘルトルーデはジルクに視線を戻した。

「どうかしら？　この程度で私たちを敵に回さずに済むなら、安い買い物だと思うわよ」

ジルクは肩をすくめる。

「ご冗談でしょう？　そんなことをすれば、あなた方は今度こそ本気で攻め込んできますよ。公爵代理が静止しても、貴族たちが我慢しないはずです」

ジルクの予想は当たっていたようで、ヘルトルーデは素直に認める。

「そうね」

「随分と素直に認めるのですね」

「部下たちの意見も尊重しているだけよ。私自身は、今更戦っても勝てないなら国内の発展を優先させたいわ」

ヘルトルーデ自身が、王国との戦争に乗り気ではないのを知ってジルクは安堵する。

「それでしたら、ファンオース公爵家はラーシェルに与(くみ)することはないと断言していただけますね？」

ヘルトルーデは、作り笑いをするとジルクに尋ねる。

「小国を回る間に、随分と景気よく宝珠を配ったそうね。ファンオース家には用意してくれないのかしら？」

「貴重な品ですからね。もう残りがありません」

「それは残念ね」

残念と言いながらも、ヘルトルーデは微笑んでいた。

「――そちらの国境を守る貴族たちが、ファンオース家に接触してきているわ。ラーシェルとも交渉を進めているそうよ」

ヘルトルーデの話にジルクは反応しなかったが、直情的なグレッグや交渉に不慣れなクリスが目に見えて動揺していた。

ヘルトルーデは二人を見て微笑み、そしてジルクには無表情となる。

「タダで味方になれなんて、都合が良すぎると思わないかしら？」

「――それでは、急いで宝珠を用意しましょう」

「一つでは駄目よ。最低でも三つは欲しいわね。それから、ファンオース家から接収した飛行戦艦の返却も求めるわ。あとは――駐在官共は引き揚げさせなさい」

ジルクは指先で頬をかく。

「残念ながら、私が預かっている宝珠は残り二つです。それに、飛行戦艦を接収したのは王宮ですからね。勝手に返却は出来ません。駐在官に関しても――」

「ほら、やっぱり彼の独断じゃない」

ホルファート王国の許可を得ていない勝手な行動だと言われ、ジルクは口をつぐんでしまう。

後ろの三人がこれは失敗したかと動揺を見せていると、ヘルトルーデが口元を隠して笑い始める。

「いいわ。宝珠二つで寝返らないと約束してあげる。ただし、飛行戦艦と駐在官の件は、この戦いが終わったらどうにかしなさい」

「よろしいのですか？　こちらが約束を守るとは限りませんが？」

ヘルトルーデの態度の変化に、ジルクは困惑していた。

玉座に背を預けて天井を見上げるヘルトルーデは呟く。

「彼なら約束は守るでしょうからね。――それから、偽者の聖女様にもよろしく伝えておいてくれる？」

ジルクは深く頷く。

「必ず伝えますよ」

「そう。それから、これは彼へのお土産よ」

「ヘルトルーデは、リオンへの手土産にして欲しいと告げると、自分が手に入れた情報をジルクたちに聞かせる。

◇

夜中に緊急の用件と言われて叩き起こされた俺は、相当不機嫌な顔をしていたと思う。

ルクシオンが部屋の壁をスクリーン代わりに映像を投影すると、かなり焦った表情をしたジルクの顔が映し出される。

「こんな夜中に何の用だよ？」

欠伸（あくび）をする俺に、ジルクは挨拶など無視して用件を伝えてくる。

それが、かなり緊急の用件であるのを物語っていた。

『王宮は国境や地方の貴族たちを切り捨てるつもりです』

「――――は？」

ジルクの話を聞いて眠気が吹き飛んだ俺は、最初は何を言っているのか理解できなかった。

ジルクも説明不足だと思ったのか、詳しく語ってくる。

『ホルファート王国の王宮は、今回の戦いを利用して裏切る領主貴族たちを滅ぼすつもりです』

「――は？」

力を削ぐつもりでいると予想していたが、まさか滅ぼすつもりだとは思ってもいなかった。そこまで徹底するとは、俺もジルクも考えていなかった。

「そんなことをして何の意味が――」

何の意味がある？　と言い終わる前に、俺は自分の口を手で塞いだ。

王国は領主貴族を恐れている。

王家の船を失い、少し前まではレッドグレイブ公爵家が簒奪（さんだつ）を考え動いていた。

今も水面下で動いているかも知れないが、ホルファート王国という国は非常に危うい立場に立たされている。

俺が王家側に味方すると宣言したので、落ち着くと思っていたのだが。

「――王宮が本気を出したか」

『正確に言うなら王家でしょうね。王妃様が裏で動いていると考えています』

「お前はその情報をどこから手に入れたんだよ？」

あまりの情報に驚いたが、問題はこれが正しい情報かどうかだ。

出所を尋ねると、ジルクから意外な人物の名前が出てくる。

『ヘルトルーデ公爵代理ですよ。この情報は、彼女からリオン君へのプレゼントだそうです』

「ヘルトルーデさんが？　――それ、こっちを騙すつもりじゃないだろうな？」

王国とファンオース公爵家の間には、積もり積もった恨みが存在する。

こちらを騙して、何かしら利益を得るつもりではないだろうか？

俺が疑っていると、ジルクがそれはないと断言する。

『ないでしょうね。公爵代理がリオン君にこの情報を届けるように言った際は、乙女のように恥じらいを見せていましたよ』

「乙女？」

『鈍いですね。リオン君に惚れていると思いますよ』

「あ、そう」

恋愛関係に関して、俺はジルクを少しも信用していない。

きっとジルクの勘違いだろう。

『信じていませんね？　それより、この情報は裏が取れていません。確かな情報ではありませんが、可能性は高いですよ。先程までブラッド君も実家で色々と調べていましたが、否定は出来ないと言っていました』

情報を手に入れ、こいつらなりに色々と調べていたのだろう。手に入れた情報が正しいのか、調べ回って報告がこんな時間になったようだ。

「——同盟の切り崩しは順調か？」

『そちらは予定通りですね。ただ、このまま続けますか？　王宮の動きを調べた方がいいと思いますが？』

「先に同盟の戦力を削りたいから、お前たちは予定通り動いてくれ。王宮の方はこっちでどうにか

「——いや、待てよ」

『どうしました？』

俺は自身の伝を頼って情報を得られないかと考える。

「クラリス先輩の実家は、宮廷貴族だよな？　しかも、当主は現役の大臣職だ」

ジルクは俺の言いたいことを察したようだが、あまり乗り気ではないらしい。

『頼りすぎれば見返りを求められますが、この状況ではアトリー家を頼った方が良さそうですね。でも、後で大変なことになりますよ』

ジルクは対価を求められると心配しているが、多少の散財は惜しくない。

今は、限られた時間でどれだけ正しい情報を得られるかが問題だ。

「多少の無理は受け入れるさ」

『——まぁ、本人がそう言うなら、これ以上は何も言いませんけどね』

「お前たちは予定通り、同盟の切り崩しを続けてくれ。王宮の問題はこっちで何とかするからさ」

そう言って通信を終えると、ルクシオンが俺に近付いてきた。定位置となりつつある俺の右肩付近に来ると、赤いレンズを向けてくる。

『アトリー家だけでは、情報の精度に問題が出ると思われます』

「わかっているけど、俺が頼れる相手なんて少ないぞ。アンジェは実家と縁が切れているから、レッドグレイブ家を頼れないしさ」

ルクシオンは赤いレンズを点滅させて、頼りになりそうな相手の名前を挙げていく。

『それでは、私が資金を用意しますので、ローズブレイド家を頼ってはいかがでしょうか？　他にも、ドミニク・フォウ・モットレイ伯爵も頼れるはずです』

「――モットレイ伯爵は、レッドグレイブ家の派閥だぞ。俺たちに手を貸すと思うのか？」

『マスターのファンを自称していたのでは？』

「いや、そうだけどさ。――まぁ、駄目元で手紙は出してみるか。それで、お前はどうするんだ？」

『現在はラーシェルの情報を集めています。加えて、エリカとミアの体を調べなければなりません。――マスター、私も忙しいのですよ』

忙しいというルクシオンは、わざと俺の顔に近付いて圧をかけてくる。

「わかったから、近付いて威圧するなよ」

こうして俺は、頼れる伝を総動員して情報を集めることにした。

◇

翌朝。

フレーザー侯爵家の城で過ごしていたミアは、朝食を摂るために食堂へと来ていた。

貴賓扱いではないため、使用人たちも使用している食堂だ。

他にも、城を訪れた客たちが利用している。

フィンやブレイブと一緒に朝食を食べるのだが、今回はカールも一緒である。

ミアが食べている姿を見て、カールが微笑んでいた。

朝から元気よく食事をするミアは、それが少し恥ずかしい。

「おじさま、あまりじろじろ見ないでください。ミアだってレディなんですからね」

背伸びした発言を聞いたカールは、更に喜んでしまう。

「これは失礼した。ところで、今日の予定は決まっているのかな？　まだなら、わしと一緒に観光などどうだ？」

カールに誘われたミアは、フィンの顔を一瞥してから俯く。

「えっと、そろそろ病気の治療をするから、あんまり時間がなくて」

病気の原因を探るために、リオンたちの力を借りることになっている。

カールもミアの病気を心配しており、治療の手がかりが見つかるかもしれないと喜んでいた。

「そうか。残念だが、仕方がないな」

「はい」

ただ、そうは言っても時間は少しばかり残っている。

ミアは隣に座っているフィンに、座ったまま上半身を向けて顔を少し赤らめた。

「あの、騎士様！」

「うん？」

フィンは行儀良く食事をしていた。その近くにはブレイブがいて、フィンから朝食の分け前をもらっている。こちらは行儀など関係ないという態度だ。

フィンとブレイブがミアに視線を向けてくる。

ミアは心臓の鼓動が速くなるのを感じながら、フィンを誘う。

「あの、一緒にお出かけしませんか？」

それを聞いたカールは、非常に複雑な表情をしていた。

◇

フレーザー家の観光地である湖。

天然の噴水を眺めるフィンは、ミアの喜ぶ姿を見ていた。

はしゃいでいるミアは、前世の妹とよく似ている。

「見て下さい、騎士様！　ボートがありますよ。ボート！　乗ってみたいです！」

桟橋に並んだボートを指さすミアに、フィンは笑顔で応じる。

「姫様の命じるままに」

「またそうやってミアをからかう」

頬を膨らませてそっぽを向くミアに、フィンは笑いながら本音であると伝える。

「本気でそう思っているよ。俺にとってミアは、お姫様だからな」

フィンにとっては事実である。

ミアは——前世の妹によく似た少女だった。

初めて出会った時には、驚いて涙を流したのを今でも覚えている。そんなフィンを心配して駆け寄ってきたミアは、当時から優しい子だった。

ミアが顔を赤くして照れている。

「騎士様の顔が見られないよ～」

すると、ブレイブが二人を見てヤレヤレと一つ目を左右に振る。

『どうでもいいけど、乗るならさっさと乗ろうぜ。それから相棒！　俺は一番前がいい！』

一番前を希望するブレイブに、フィンは投げやりな返事をする。

「別に良いけど、落ちたりするなよ」

『落ちないって！　俺浮かんでるじゃん！』

三人で桟橋に向かうと、フィンがレンタル料を支払ってボートに乗った。

◇

フィンたちを遠巻きに眺めているのは、双眼鏡を手に持ったカールだった。

「あの小僧、ミアに不埒な真似をしたら処刑してやる」

物騒なことを言うカールだったが、誰かが近付いてくる足音を聞いて振り返る。

するとそこに立っていたのはリオンだった。

「あれ？　カールさんだっけ？　こんな場所で何をしているの？」

リオンの右肩付近にはルクシオンが浮かんでおり、カールに赤いレンズを向けて中のリングを動かしていた。

探られているような気分になるが、カールは笑顔を作って応対する。

「いや、ミアがボートに乗っていてね。その様子を見ておこうと思ったんだよ」

取り繕うカールの隣に来るリオンは、ボートに乗るフィンとミアを見ていた。

「本当だ。それにしても、今日も一緒なのか？　相変わらずフィンの野郎は過保護だね」

フィンの過保護ぶりに呆れているリオンだったが、相棒であるルクシオンがすぐに言う。

『マスターも人のことは言えませんけどね。今日はノエルと一緒ですし、十分に過保護であると思いますよ』

「――五月蝿いよ」

人工知能とやり取りをするリオンを見て、カールは興味をそそられた。

アゴを撫でつつ二人の様子を見ていると、リオンが気付いて尋ねてくる。

「どうかしました？」

「いや、随分と親しく見えてね。小僧――ヘリングやブレイブと同じだが、関係性は微妙に違って見える。それが面白くてね」

カールの評価を聞いたリオンとルクシオンは、どうやら不満らしい。

お互いに顔を背けてしまう。

「忠誠心のない人工知能を持つと苦労しますよ」

『ひねくれ者のマスターを持つ私の方が、苦労しています』

どこか似た者同士という感じの二人を前に、カールは少しだけ気を許してしまう。

そして、リオンに最近の調子を尋ねる。

「これは失礼した。それよりも、最近は物騒になっているようだね。話せないとは思うが、大丈夫なのかい？」

リオンは指先で頬をかき、カールから視線を逸らしつつ答える。

全てを話せないし、話すつもりもないようだ。

「色々と大変だけどね。まぁ、平和的に終わらせたいよね」

「平和的、か。――ヘリングから、君はとても強いと聞いている。そんな君なら、ラーシェル神聖王国を単独で倒せるのではないかな？」

踏み込んだ質問をすると、ルクシオンの方が警戒を強めていた。

無言となり、赤いレンズがカールの動きを注視している。

変な動きをすれば、即座に対処するつもりなのだろう。

ただ、リオンの方は警戒心が薄い。

フィンやミアの知り合いということで、気を許していたのだろう。

「そういうのは嫌いだからね。こう見えても、俺は平和主義者だよ」

「外道騎士と呼ばれる君がかい？」

からかうように笑ったカールに、リオンは冗談交じりに言い返してくる。

「そいつは別人だ。俺は外道じゃないし、そんな恐れられる人間じゃない。他の連中が勝手に呼んでいるだけさ」

「他者からの評価だと思うがね。まぁ、それはいいとして、だ。――君には目標があるのかな？　強い力を手に入れたのだから、叶えたい願いくらいあるのだろう？」

地位、名誉、金、異性――望めば全てが手に入りそうなリオンへの質問だ。

だが、リオンは首の後ろをかいて嫌そうな顔をする。

「これ以上は手に余る。本当なら俺は、田舎で準男爵としてスローライフを送っていた人間だからね。何がどうなれば、ここまで出世するのか」

それを聞いたカールは、驚いて目をむいてしまった。

「望んでいなかったのか？　少しも？　男ならば、多少は出世欲もあるだろう？」

「ないね。俺は責任とか大嫌いだからさ。出世して責任が重くなるなら、身軽な立場の方がいいや」

カールはリオンを見て思う。

(まぁ、無欲ではないだろうが、出世欲が薄いのは事実なのかもしれないな)

その時だった。

リオンが異変に気付き、カールの視線をボートの方に誘導する。

「何かおかしくないか？」

「ん？　なっ!?」

カールが桟橋の方を見ると、そこにはボートを下りて一人で走って行くミアの姿が見えた。どうやら泣いているらしい。

フィンは立ち尽くしており、ブレイブは慌ててミアを追いかけている。

何かあったのは明白である。

(こ、小僧ぉぉぉ!!　わしのミアを泣かせたなぁぁぁ!!)

◇

ミアは城に戻ると、与えられた部屋にこもっていた。

様子がおかしいことに気付いたエリカが、エリヤと一緒に部屋を訪ねて来た。

エリヤは女性の部屋ということで、外で待っているようだ。

膝を抱えて泣いているミアに、エリカが付き添っていた。

「——そう。告白したのね」

ミアはポロポロと大粒の涙をこぼしながら、フィンに告白したことをエリカに告げた。

「ミアは!　ミアは——騎士様のことが大好きで。ずっと側にいたいって。だけど、騎士様は、ミアは妹にしか見えないって」

一世一代の告白だったのだろうが、フィンにとってミアは妹という存在だった。

恋愛対象として見られないと告げられ、ミアはショックを受けていた。

部屋の隅で様子を見守っているブレイブが、オロオロとして困っていた。

『相棒は別にミアが嫌いになったわけじゃないぞ。ただ、ただ——相棒にとって、ミアは大事だけど、恋人じゃなくてだな』

どう説明すれば、ミアを傷つけずに済むだろうか？　そんなことばかり気にかけているようで、慰められずにいた。

エリカがミアの背中をさする。

「偉いわね。自分からちゃんと告白したのは凄いことよ。ミアちゃんは強い子ね」

ミアはエリカに抱きつく。

「エリカ様！　ミアは騎士様が——うわぁぁぁ!!」

ミアが大声で泣き出してしまうと、エリカは抱きしめて慰めていた。

第06話「前世の妹」

「この糞野郎！　ミアちゃんの何が不満だ、ごらぁ!!」

深夜。

談話室に連れて来られた俺は、マリエに問い詰められているフィンの姿を見ていた。

落ち込んでいるフィンは、手を組んで額を載せている。

「俺だって出来る事なら何でもしてやるさ。だけどな、恋人にはなれないんだよ」

昼間、フィンはミアちゃんから告白されたらしい。

あの乙女ゲー三作目の主人公から告白されたフィンは、それを断ってしまった。

俺はフィンの気持ちを察する。

「あれか？　自分が攻略対象じゃないとか、モブだからって思ったんだろ？　わかる。わかるぞ、フィン」

一人頷いていると、フィンが顔を上げて首をかしげている。

「いや、別にそんな理由じゃない」

「え？」

俺が間の抜けた顔をしていると、ルクシオンがここぞとばかりに責めてくる。

『誰もがマスターのような悩みを抱えていると思わない方が良いですよ。それにしても、したり顔で予想を外すなんて、恥ずかしくないのですか？』

マリエも俺を睨んでくる。

「役に立たない兄貴ね。モブとか気にかけているのは、兄貴だけよ。そもそも、モブがどうとか言って、三人も婚約者を作ったのは誰よ？」

——みんな冷たくない!?

俺が落ち込むと、フィンが慰めてくる。

「わ、悪い。モブではないが、俺がミアに相応しい男じゃないのはその通りだ。俺は、ミアの恋人にはなれないんだから」

フィンの優しさに温かさを感じていると、マリエが舌打ちをする。

「そこでウジウジ悩むなよ。好きなら好きでいいでしょうが」

煮え切らない態度に腹を立てるマリエだが、フィンには事情があった。

「そうじゃない。俺にとって、ミアは妹なんだよ」

それからフィンが話し始めたのは、前世の妹との関係だった。

「俺の妹は——前世の妹は、病気でずっと入院していたんだ」

フィンは俺たちに、前世の話をする。

◇

夕方。

アルバイトを終えた青年は、手土産を持ってお見舞いに来ていた。

通い慣れた病室に向かう途中、顔見知りとなった看護師たちに会釈をする。

病室のドアを開けると、窓際の一番奥のベッドへと向かう。

「それ、面白いのか？」

青年が声をかける相手は、携帯ゲーム機で遊んでいる妹だった。

兄が見舞いに来たことに気付いた妹が、顔を上げて微笑む。

「うん！」

満面の笑みを見せるが、病気で入院している妹は以前よりも痩せていた。入院前よりも小さくなった印象を受け、携帯ゲーム機が大きく見えた。

それが青年には悲しかったが、暗い顔をすると妹が悲しむと知っているため頑張って微笑みながら話をする。

「そっか。それは良かった」

ベッド横に置いてある椅子に腰掛けると、妹が携帯ゲーム機を置いた。

遊んでいたソフトは、青年からのプレゼントである。

何を買ったら良いのかわからず、適当に選んだのが乙女ゲーらしきタイトルだ。

青年が買ったゲームを、妹は楽しそうにプレイしていた。

だから、どんな内容なのか気になって質問する。

「どんなゲームなんだ？」

内容に興味を示すと、妹が少し恥ずかしそうにしながらも嬉しそうに教えてくれる。

「主人公が学園に入学して、男の子たちと仲良くなるゲームだよ。楽しいから、もう何周もプレイしちゃった」

入院生活で時間が余っているためか、妹は青年がプレゼントしたゲームを何度もプレイしていた。

それこそ、何度も何度も繰り返し。

遊べるソフトをあまり持っていないため、選択肢が少ないのだろうと青年は考える。

「バイト代が入ったら、また買ってやるよ。今度は何が良いか教えてくれ」

そう言うと、妹は申し訳なさそうにする。

「いいよ。お兄ちゃんも大変でしょ？」

「気にするな。ソフトの一つくらい買える余裕はあるからさ。何がいい？」

青年が何とか希望を聞き出そうとすると、妹の視線が暗くなった携帯ゲーム機の画面に向かう。

「それなら、このシリーズのやつが欲しい」

「乙女ゲーの？　好きなのか？」

「――うん。だって、学校に通った気分になれるから」

先程まで明るく振る舞っていた妹だったが、学校と呟くと表情が暗くなってしまう。

もう何年も学校に通えていなかった。

青年は、妹から見えない位置で手を強く握りしめる。

だが、表情だけは明るい笑顔を崩さなかった。

「大丈夫だ。時間はかかるかもしれないが、また学校に通えるようになる」

妹が青年の顔を見る。すがるような表情が、青年の心を締め付けて苦しめる。

「本当？　また、外に出て遊べるかな？　学校にも行ける？」

「あぁ、きっと遊べるし、学校にだって通えるよ」

——青年は嘘を吐いた。

退院出来るかも怪しいのに、妹に希望を持たせるために大丈夫と言ってしまう。

妹が微笑む。

「お兄ちゃんが言うなら安心だね」

「っ！　そ、そうだ。だから、早く体を治さないとな」

「うん！」

青年は妹の笑顔を直視するのが辛かった。

◇

「——それから数ヶ月後だった。妹が発売日を楽しみにしていたソフトを買って、病院に向かっていたんだよ」

ソファーに座るフィンは、組んだ手に額を載せて辛そうに語っていた。

いつの間にか、俺もマリエもフィンの話に聞き入っていた。

部屋の中にいるルクシオンは黙ったまま。

だが、ブレイブは一つ目から涙がこぼれている。

『相棒――』

「途中で携帯が鳴ったから嫌な予感はしていた。電話に出たら、病院から――急いださ。もう、走って、走って――だけど、間に合わなかったんだよ」

苦しそうに、辛そうに、フィンは前世を思い出して胸を鷲掴み（わしづかみ）にする。

フィンにとって、前世の妹とは俺とは違う存在のようだ。

フィンが顔を上げる。

「ミアは俺の妹によく似ているんだ」

普段は澄ました顔をしている癖に、今日に限っては弱さを見せてくる。男の俺でも優しくしてやりたいと思うのだから、女性だったらきっと母性本能やら女心を強く刺激されることだろう。

「前に聞いたよ。だから、守ってやりたいんだろ？」

「本当に似ていて、俺はあの子が妹の生まれ変わりじゃないかって思った。最初に出会った頃は、まだ元気で外で遊び回る活発な子だったんだ」

病院のベッドで亡くなった妹さんが、生まれ変わって元気な姿を見せてくれていると思ったらしい。

いや、思い込んでいるのか？

フィンは両手で顔を隠していた。

どうやら、泣いているらしい。

「それなのに、謎の病気にかかって苦しんで――こんなの、許せるわけがないだろうが。俺は、あの子のためなら何だってする。命だってかけていい。――だけど、大事な妹にしか見えないんだよ」

下手をすれば恋人以上。ミアちゃんは、フィンに家族同然のように想われている。

だが、どうしても恋人にはなれないようだ。

「ま、仕方ないよな。前世の妹に似ていたら、恋人って感じでもないし」

「そうだろ？　でも、ミアはこんな俺に惚れたんだよ。俺は、どうしたらいいんだ」

頭を抱えるフィンに、かける言葉が見つからなかった。

無難に慰めてやろうとすると、黙っていたマリエが大声を出す。

部屋の中に響いて耳が痛くなるような声に、俺たちの視線がマリエに向けられた。

「黙って聞いていれば、ウジウジ言いやがってよ！　好きなら好きって言えばいいじゃない！」

マリエの怒声に、フィンがたじろいでいる。

「俺の話を聞いていなかったのか？　あの子は俺にとっては妹で――」

「前世の話とか持ち出して気持ち悪いのよ。そもそも、ミアちゃんはあんたの妹じゃないでしょ」

「い、いや、だが」

「前世の妹に似ているから何よ？　あの子にとって、あんたは大好きな騎士様なのよ。それが、妹にしか見えないから無理ですって？　もう少し考えて返事をしなさいよ、バーカ!!」

馬鹿と言われたフィンが、言い返そうとするが途中で諦めて口を閉じる。

妹の面影をミアちゃんに見ていたのは、自分自身であると気付いたのだろう。

あの子は、フィンの妹ではない。

マリエは憤慨して脚を組みながら、貧乏揺すりを始める。

苛立っているのが隣にいても伝わってきた。

「あんたが妹に対して、優しい理想の兄であったのは認めてあげるわ。けど、ミアちゃんには何の関係もないじゃない。妹を重ねて見てんじゃねーよ、気持ち悪い」

フィンが少しショックを受けたような顔をしている。

女性に「気持ち悪い」とか「生理的に無理」と言われると、どうして男は心に傷を負うのか？

俺は何を言われても動じない鋼の心が欲しいです。

何故か俺まで落ち込んできた。

マリエはフィンに追い打ちをかける。

「大体さぁ、ミアちゃんが検査のためにカプセルに入るって知っていたわよね？　それなのに、余計な問題を起こすとか何を考えているの？　あんた、本当にあの子を大事に思っていたの？」

「それは本当だ！　俺は心から――」

「私には、自分を優先しているようにしか見えないわね。助けられなかった妹の代わりに、ミアちゃんを可愛がっているだけでしょ」

言われたフィンは最初は激高して歯を食いしばったが、拳を握りしめて怒るのを我慢していた。

どうやら、フィンも自分に非があるのは認めているらしい。

そんな相棒の姿を見たブレイブが、フィンを庇う。

『もう止めてくれ！　これ以上、相棒をいじめるな！　俺が代わりに怒られるから！』

フィンの前に出て小さな両手を広げるブレイブの姿は、これこそ相棒に相応しい姿だと思えてくる。

俺はルクシオンに視線を向けた。

俺の視線に気付いたルクシオンが、何を言いたいのか察したらしい。

『私はマスターを甘やかしませんよ。甘やかすのは、マスターのためになりません』

「厳しいだけで優しさを少しも感じないんだが？」

自分の相棒と話をしていると、マリエがブレイブを見ながら一言。

「キモ〜い」

マリエにキモいと言われたブレイブが、ゆっくりと床に落ちて涙を流していた。

どうやら、相当ショックだったらしい。

『――別にいいやい。相棒とミアは、俺を可愛いって言ってくれるし』

俺はブレイブの泣いている姿を見て、言わずにはいられなかった。

「魔装のコアも傷つきやすいのか？」

黙っていたフィンが、ソファーから立ち上がるとブレイブを拾った。

そのまま部屋を出て行くので、俺は声をかける。

「どこに行くんだよ？」

「――ミアの所だ。俺は、あの子とちゃんと話をしたい」

フィンが部屋を出て行くと、俺はマリエにやや険しい視線を送る。

「言い過ぎだぞ。少しは男の気持ちも考えろ」

「何の話よ？　それより、検査前に余計なことをしてくれる騎士様よね。答えを保留にするとか、色々とあったじゃない」

「フィンにとっては、ミアちゃんは妹にしか見えないんだろ。そもそも、俺だって妹を異性として見られないし」

マリエをつま先から頭の天辺まで見るが、少しも異性としての魅力を感じなかった。

俺の視線に不機嫌になるマリエは、胸を腕で隠して背中を向けてくる。

「変な目で見ないでよ、糞兄貴！」

「見るものがあるとは知らなかったな。アンジェたちと比べれば、お前なんて――ぶほっ！」

気が付いた時には、マリエがソファーから立ち上がって俺の懐に潜り込んでいた。

マリエの放った肘打ちが、俺の腹にめり込んでいる。

あまりの痛さに床に膝を突いてお腹を両手で押さえる。

「も、申し訳ありませんでした。言い過ぎでした」

「わかればいいのよ」

謝罪をして許してもらうと、マリエがソファーの肘掛けに腰を下ろす。

「まぁ、兄妹で恋愛感情とか私も無理だけどね。糞兄貴を異性として見られないし、そもそも魅力とかないし。兄貴を選ぶくらいなら、私はずっと一人でいいわ」

お腹の痛みに苦しみながら、俺は言い返す。

「お前が惚れた攻略対象共は、今は魅力もない俺の部下だけどな。それから、お前は俺に生活費を握られているのを忘れていないか？」

「本当に嫌な奴よね！　そんなんだから糞兄貴なのよ！」

マリエが騒ぎ出すと、ルクシオンが俺たちを見ながら赤いレンズを左右に振っていた。

『いつまで経っても変わりませんね。少しも成長を感じられません』

◇

夜。

ミレーヌの部屋を訪ねたのは、アンジェとユリウス、そして娘であるエリカだった。

三人が随分と焦った様子で現れたため、ミレーヌは色々と察してしまう。

「――三人揃って血相を変えて現れるなんて、少しは成長しましたね」

読んでいた本を机に置いたミレーヌは、三人の顔に視線を巡らせる。

最初に口を開いたのはユリウスだった。

「王宮が領主貴族たちの力を削ごうとしているのは、本当の話なのですね？　何故です？　どうして今、そんなことをするのですか？」

母親であるミレーヌに対して、ユリウスは険しい視線を向けていた。

それだけ憤っているのだろう。

ミレーヌはそんなユリウスを見て、冷めた目をしていた。

「この百年、王国がやって来たことではありませんか？　昔も今も、方針を変えていないだけです」

「ようやく状勢が落ち着きだしたのに、荒立てる理由がどこにありますか！　リオンが王家に味方した今、我々は手を取り合って――」

「――手を取り合う？　馬鹿馬鹿しい」

ユリウスの考えをミレーヌは一笑に付す。

その後、すぐに真顔になると問題点を指摘する。

「今、この瞬間が平和であれば問題ないと？　数年単位の話ではないのよ。王族であるならば、数十年、数百年先を見て物を言いなさい」

ユリウスが奥歯を噛みしめると、今度はエリカがミレーヌの説得にかかる。

「母上、それを考えても今回はやり過ぎです。国が荒れては、民が苦しみます。それでは意味がありません。どうか、考え直して下さい。今なら間に合います」

傷つくのは貴族だけではない。国境や辺境に住む民も被害を受ける。

それを避けて欲しいと言うと、ミレーヌはエリカに対してきつく言い放つ。

「その程度の考えで、国政に口出しなど許しませんよ。短期的には被害も出るでしょうね。でも、長期で見てはどうです？」

「長期？　え、あの――」

エリカが戸惑っていると、ミレーヌが椅子から立ち上がって窓の方へ向かう。

三人に背を向けて話すのは、ホルファート王国の過去だった。

「この国の貴族たちは、昔から独立心が強かった。冒険者の末裔と言えば聞こえはいいでしょうが、言ってしまえば一攫千金を狙った者たちです。忠義や義理ではなく、自分の利益を最優先に考える資質を受け継いでいます」

三人とも覚えがあるため、ミレーヌに反論できなかった。

ミレーヌは三人に振り返ると、歴史の授業を開始する。

「歴史は教えましたよね？　王国はどれだけ、地方の貴族たちに苦しめられたか覚えていないのですか？　――王国にとって、領主貴族たちは潜在的な敵であると教えたはずです」

長い歴史で骨抜きにされてきた地方の領主貴族たちだが、彼らは元を辿ると王国と争っていた者たちの末裔も多い。

王家の船という切り札と、圧倒的な国力を前にホルファート王国に忠誠を誓っているに過ぎなかった。

それでも、反乱を起こして王国に戦いを挑む者たちが大勢いた。

「女性を優遇した政策も、地方領主の締め付けも、全ては敵の力を削ぐためです。それが出来たのも、今まで王国に十分な軍事力があればこそ。それを喪失した今、地方の領主たちはいつ裏切るかもわからない敵なのですよ」

「で、ですが」

「この危機を乗り越えた後を考えなさい。馬鹿な領主たちが、周辺国に踊らされて独立したとしましょうか。その際の戦争で、どれだけの血が流れると考えているのですか？　国内で独立が相次げば、戦争は激化しますよ。その際は、民も徴兵されるでしょうね」

エリカが口をつぐんでしまうと、今度はアンジェがミレーヌと話をする。

「今はリオンがいます。領主貴族たちも、リオンが王家に味方するなら従うはずです。独立もためらうでしょう」

「そうね。それで？　バルトファルト公爵は何十年生きて、その任を全うしてくれるのかしら？　代替わりをした者が、簒奪を考えないという保証は？　百年後、本当にこの国は残っているのかしら？」

三人の意見を聞き入れないミレーヌは、意固地になっているように見える。

説得を諦めたユリウスが、ミレーヌが思い描く展開を尋ねる。

「それでは、母上はどこを目指しているのですか？　この戦争の先に、何を得るつもりでいますか？」

ミレーヌは三人を前にして、淡々と——まるで教えるように説明する。

「——完全勝利は悪手です。あまりに勝ちすぎれば、それは今回の戦いを注視する国々も危機感を抱きますからね。特に、帝国が敵に回れば軍事的にも、政治的にも厄介です」

勝ちすぎれば、また新たな敵が誕生する。

ミレーヌは被害を受けることで、そんな未来を避けようとしていた。

「多少の被害が出たとしても、ギリギリの勝利を演出します。そうなれば、多くの国々が安心するでしょう。最終的に、交渉で有利な条件を引き出して和平というのが理想になりますね」

そして、ミレーヌが暗い笑みを浮かべる。

「その前に、ラーシェルには滅んでもらいますけどね。公爵をこの場に置くのも、それが目的です。戦争終結間近に、ラーシェルに攻勢をかけ滅ぼします。盟主国を失った軍事同盟は崩れるでしょうから、後は個々に和平を結べば問題ありませんよ」

アンジェが眉根を寄せると、ミレーヌを激高した顔で睨み付けた。

「リオンを利用するつもりですか？　戦わせるつもりはないと仰っていたではありませんか！」

並みの人間ならば、アンジェに睨まれてすくんでしまっていただろう。

だが、相手はミレーヌだった。

涼しげな顔をして、アンジェと向かい合っている。

「戦ってこその貴族です。王家に忠誠を誓ったのですから、必ずやり遂げてもらいますよ。そもそも、彼にはこの程度は何の問題にもならないのでしょう？」

リオンが持つルクシオンという力があれば、この程度は確かに乗り切れる。

だが、アンジェはリオンの精神を心配していた。

「リオンがミレーヌ様を慕っているのは知っているでしょうに」

「個人の感情など、国家の未来の前では無意味だと教えましたよ。――そもそも、こうなったのは、あなたたちの責任ですからね」

ミレーヌに責任を問われた三人が、身に覚えがないため不思議そうにしていた。

だが、ミレーヌはエリカを見据える。

「――エリカが公爵と結婚していれば、ここまでするつもりはなかったわ。二人の子が、いずれルクシオンを引き継ぎ、王家に新しい力を与えてくれていればね」

エリカが責任を感じているのか、顔から血の気が引いていた。

うつむき、少し震えている妹の姿を見たユリウスが庇う。

「それであれば、何もエリカでなくともいいはずです。リオンとアンジェの子を王族に迎えれば良いではありませんか」

ミレーヌは、ユリウスの台詞を聞いてあざ笑っていた。

「自分たちは我を通しておいて、子供には政略結婚を強いるのですか？　あなたたちが自分の意思を優先した時点で、信用できませんよ」

政略結婚を蹴った。それはつまり、個人を優先したという意味だ。

だから、将来的に自分の子供たちに政略結婚を強いたとしても、理由をつけて反故にするのではないか？　そんな心配が常に付きまとう。

ミレーヌは小さくため息を吐き、三人に最後の指導をする。

「教えるのはこれが最後です。自分たちの行動の責任は、自分たちで取りなさい。それから、公爵にも伝えなさい。強すぎる力を持つ者は、嫌でも世界に影響を持つのだと」

第07話「女誑し」

「リオンく～ん！」

フレーザー領にある一般の港に、アトリー家が所有する飛行船がやって来た。

甲板から手を振るのは、アトリー家の令嬢である【クラリス・フィア・アトリー】だ。

学園の卒業生で、俺の先輩になる。

オレンジ色の髪を風に揺らし、緑色の瞳で俺を見ていた。

手紙で近況を尋ねただけだったのだが、これでは俺が呼びつけたようになっている。

申し訳なく思うが、本人が笑顔で手を振っているので少し安心した。

タラップが用意されると、クラリス先輩が降りてくる。

「呼び出したみたいで申し訳ないです」

「あら？　嬉しくないのかしら？」

「嬉しいですけど、この時期に国境まで来るのは大変だったでしょう」

戦争が始まろうとしているため、国中が慌ただしくなっている。

飛行船を出すのも色々と面倒になっていたはずだ。

俺が歩き出すと、クラリス先輩も軽い足取りでついてくる。

「リオン君がいるなら、国境だろうと安全でしょう？　それに、私が来た方が何かと都合が良いと思ったのよ」

都合が良い？　首をかしげる俺に、クラリス先輩は微笑みを消して真剣な表情になる。ここから先は、どうやら真面目な話のようだ。

「誰にも邪魔されない場所はあるかしら？　誰にでも聞かせられる話じゃないから、出来れば二人きりがいいわね」

それだけ重要な情報なのだろう。

俺はルクシオンに視線を向ける。

「どこがいい？」

『アインホルンの船内であれば、盗聴の心配はありません。もちろん、私もご一緒します』

ルクシオンが視線を向けたのは、クラリス先輩の方だった。

クラリス先輩は構わないようだ。

「――別にいいわよ。だって、君はリオン君の使い魔だもの」

『使い魔ではありません。魔に関わるものではなく、科学の結晶です』

クラリス先輩がニコニコした表情で、ルクシオンを見ていた。

「それはごめんなさいね」

◇

アインホルンの船内。

談話室に来た俺は、クラリス先輩から王宮で何が起きているのかを聞くことになる。

ソファーに座ったクラリス先輩は、ミレーヌさんの話をする際に眉をひそめていた。

随分と警戒しているように見える。

「結論から言うと、領主貴族の大半を切り捨てるつもりで動いているそうよ」

「バーナード大臣も同じ意見ですか？」

クラリス先輩の父親は、ホルファート王国で大臣の一人だ。

宮廷貴族であり、王宮の内情に詳しい人物である。

「反対はしたそうだけど、王妃様に押し切られたらしいわ。ほら、あの方はレパルト出身で、ラーシェルに対して恨みがあるから」

「恨みですか」

「レパルト連合王国っていう国は、ラーシェルに攻められ続けてまとまるしかなかった大国なのよ。昔は大陸に小国がひしめき合って、争っていたらしいけどね。それでも、随分と苦しめられたそうよ」

ラーシェル神聖王国は、どうやら周辺国に喧嘩を売りまくっていたらしい。

迷惑な連中である。

「それで、ラーシェルを潰すためなら何でもすると」

「そうすれば、故郷のレパルトは安泰でしょうからね。王国は荒れるだろうけど、王家にとって都合が良い状態になるのも事実よ」

俺が眉根を寄せて不快感を表すと、クラリス先輩が早口でフォローを入れてくる。

「もちろん、全員が賛成じゃないわよ。実際、陛下だって強く反対していたもの」

「ローランドが？」

「――堂々と陛下を呼び捨てにするわね。まぁ、リオン君なら許されるでしょうけど」

ローランドも反対していたようだが、ミレーヌさんに押し切られたようだ。

――役に立たない王様だな。

クラリス先輩が、俺の座っているソファーの隣に腰を下ろしてくる。

「それで？　君はどうしたいの？」

「可能なら、戦争が始まる前に全てを終わらせたいですね」

理想を口にすると、クラリス先輩がそれは難しいと俺から顔を背ける。

「出来たら誰も苦労はしないわ。ただ倒せばいいって話じゃないからね。やり過ぎれば、帝国だって動くわよ。留学生の騎士って、君の友達なのよね？　下手をすると、彼と戦うことになるのよ」

帝国がどれだけ魔装を持っているか知らないが、フィンと敵対するのは俺も困る。

アロガンツを相手に引き分けるような奴が、一人とは限らない。

「ですよね」

ガクリと項垂(うなだ)れると、クラリス先輩が俺の手に自分の手を重ねる。

「ねぇ？　王宮内の意見を反対派でまとめましょうか？　そうすれば、いくら王妃様でも方針を変えないといけないわ。少なくとも、領主貴族たちは見捨てずに済むわよ」

「出来るんですか？」

「もちろん。でも、それには相応の対価が必要に――」

いつの間にか、俺の顔にクラリス先輩の顔が近付いていていた。

触れ合ってもおかしくない距離だ。

俺が驚いて何度も瞬きをしていると、ルクシオンが言う。

『アンジェリカが来たようです』

「え？」

ドアの方を見ると、やや乱暴に開け放たれた。

そこに立っていたのはアンジェであり、走ってきたのか肩で息をしている。

随分と急いできたのだろう。

遠くから足音が聞こえてくるが、どうやらリビアとノエルも追いかけてきたようだ。

「クラリス！」

アンジェの怒声に、クラリス先輩が「ちっ」と舌打ちをして俺と距離を取る。

拳一つ分くらいの距離だけ離れた。

「冗談よ。そんなに怒らないでくれる」

「本当に油断も隙もない。宮廷貴族のいやらしさを感じるな」

アンジェがそう言うと、クラリス先輩は先程よりも声のトーンが低くなる。

「怒りっぽいのは領主貴族だからかしら？」

二人が睨み合いを始めると、遅れてきたリビアとノエルが部屋に入ってくる。

アンジェよりも呼吸が乱れて、苦しそうにしている。

「やっと追いつきました」

「アンジェリカ、速すぎ」

倒れ込むように床に座り込む二人を見て、俺はルクシオンに視線を向ける。

「知らせたのはお前か？」

『はい』

◇

休憩を挟んだ後に、クラリス先輩から事情を聞くことになった。

今度はアンジェたちも一緒である。

ニコニコしたクラリス先輩と、不機嫌な婚約者三人が睨み合っているというのは居心地が悪い。さっさと話を終わらせてしまおう。

「それで、王宮を反対派の意見でまとめられるんですか？　宮廷貴族にとっては、都合のいい展開みたいですが？」

クラリス先輩が、俺の方を見ると浅く頷いた。

「王宮っていうのは、単純な世界じゃないわ。王妃様に反発している人たちもいるから、協力は得られるの。でも、王妃様も敵を作りすぎたわね。随分と焦って強引に話を進めたから、不満に思っている人が多いわ」

クラリス先輩の説明に、アンジェは口元に拳を当てながら予想を口にする。

「――この戦いは、潜在的な敵を排除する好機だと言っていた。裏切り者を排除して、王家の地位を盤石にするつもりだ」

クラリス先輩が、俺の方を見て納得したような顔をする。

「まぁ、誰かに頼って王権を行使するのは、かっこうがつかないものね」

ルクシオンの力を行使できるのは俺である。

つまり、今の王家は俺を頼っている状態だ。

それは王家として存在意義に関わる問題だった。

「俺は仲良くしたいんですけどね」

クラリス先輩が小さくため息を吐くと、背もたれに体を預ける。

「そのせいで、王妃様が苦しんでいるのかもね。だって、今のリオン君は王様になりたいと言えば、それが叶うのよ。――王妃様が怖がっても仕方ないわ」

「俺が？　なれませんよ」

「なれるのよ。君を慕っている、あるいは忠誠を誓ってもいいという貴族は多いわよ」

クラリス先輩が手紙を取り出すと、ローテーブルに置いた。

手紙に捺された家紋を見ると、ローズブレイド伯爵家とモットレイ伯爵家――その他にも、俺が知らない家紋が捺された手紙がある。

アンジェがそれらを手に取ると、俺を見て僅かに微笑んでいた。

「人気者だな」

王位を狙える力があり。

付き従う者がいる。

国を興すには条件が揃っているようだ。

「――学園では嫌われていたのに、こんなに好かれるとちょっと怖いな」

アンジェが俺に「中を見ても？」と確認を取ってきたので頷くと、封を切って手紙を確認する。

内容を読んだアンジェは、深いため息を吐く。

「既に寝返る準備をしている領主貴族たちがいるそうだ。戦争が始まれば、彼らが敵の案内をするらしい」

話を聞いていたリビアが、俯いて膝の上で手を握りしめていた。

「やっぱり、見捨てられたと思ったのでしょうか？」

リビアの疑問に、クラリス先輩がやや強めの口調で答える。

「見捨てたのよ。それを理解して、寝返る準備をしているの」

アンジェがローズブレイド家の手紙を読むと、驚いた顔で俺の方を見る。

「バルトファルト男爵家に、リオンの説得を頼もうとする動きがあるそうだ。既に、何人も使者が来ているらしいぞ」

「実家に!?」

驚いて立ち上がると、クラリス先輩が腕を組んで小さくため息を吐く。

「寝返る方は、リオン君が怖いのね。王国だけなら、嬉々として裏切っていたと思うわ」

アンジェが続きを話す。

「ローズブレイド家が間に入って面会を断っているそうだ。ニックス殿とドロテアの結婚は、これを思えば正解だったな」

ローズブレイド家が俺の実家を守ってくれている。

それを聞いて胸をなで下ろしていると、アンジェの表情が強ばっていた。

「どうしたの？」

「――手紙を書いたのはディアドリーだ。このお礼は期待していると書いてある」

「あ〜、それなら何かお礼をしないとね」

手紙を確認しようと手を伸ばすと、アンジェが握りつぶしてクシャクシャに丸めて投げ捨てた。

「――え？」

「お前は見なくていい」

憤慨しているアンジェに気圧(けお)されて、それ以上は何も言えなかった。

アンジェが握りつぶす前に見えたのは、手紙の終わりの方にあった唇の跡のような何かだが――見間違いかもしれない。

ノエルがこの状況に悩み、頭をかきながら俺に答えを求めてくる。

「それで、リオンはどうするの？」

この状況をどうにかするために、俺は――。

「――ミレーヌさんを説得してみるよ。それから、フィンにも相談する」

フィンの名前を出すと、アンジェが眉根を寄せる。

「あいつは強いが、帝国の方針に意見できる立場とは思えないが？」

「そうかもね。でも、話してみるよ」

◇

ミレーヌが二人のメイドを連れて廊下を歩いていた。

窓から中庭の景色が見えたので、足を止める。

「フレーザー家は中庭にも随分こだわっているわね」

今の当主である侯爵の趣味なのだろう。

メイドの一人がフレーザー侯爵の話をする。

「侯爵自ら中庭の手入れをすることもあるそうですよ」

「それ故のこだわりなのでしょうね」

窓に近付き、二階から中庭を覗く。

すると、ナイスミドル――レパルトから来た外交官のイバンが、若い女性と楽しそうに話をしているのが見えた。

ミレーヌは眉根を寄せると、小さなため息を吐いてから無表情になる。

「相変わらず軽薄な方ね」

イバンとは昔から知り合いだったが、息をするように女性を口説く男だった。

ミレーヌも何度か声をかけられたことがある。

だが、そんな男が若い女に夢中となっていると、どうしても時の流れを感じてしまう。

もう自分は若くないと告げられているようで、見ているのが辛かった。

窓から離れて歩き出すと、メイドの一人が前から来る人物に気が付く。

「ミレーヌ様」

「気付いていますよ」

いつものようにルクシオンを連れたリオンが、反対側からやって来る。

その手には土産を持っているようだ。

「王妃様、お茶でもどうですか？」

後ろにメイドたちがいるからか、リオンはミレーヌを王妃様と呼んだ。

ミレーヌは笑顔を作ってやんわりと断る。

「残念だけど、これから用事があるの。ごめんなさいね」

するとリオンより先にルクシオンが反応する。

『次の予定は三時間後となっているはずです。マスターとの時間を作れないというのは、嘘ですね』

「え、そうなの？」

リオンが驚いた顔をすると、すぐに残念そう――というよりも、悲しそうな顔をする。

「ミレーヌ様に嫌われてしまったか」

冗談交じりだが、悲しそうな顔を見ているとミレーヌの中に可哀想と思う気持ちが芽生えてくる。

ミレーヌはリオンの誘いに応じることにした。

「――はぁ。いいでしょう。少しだけお付き合いしましょう」

すると、リオンが露骨に喜ぶ。

「ありがとうございます。とっておきの茶葉を用意したんで、楽しみにしていてくださいね」

ミレーヌはリオンがこのタイミングで誘ってきたのは、何か理由があるだろうと察して付き従うメイドたちに振り返った。

「あなたたちは休んでいなさい」

◇

久しぶりにミレーヌさんとお茶が出来るとあって、俺は浮かれていたと思う。

上機嫌で紅茶を用意していると、ミレーヌさんが話しかけてきた。

「――私に言いたいことがあるのでしょう？」

どうやら気付いていたようだ。

手を止めずに紅茶を用意する俺は、そのままミレーヌさんに用件を切り出す。

「国が荒れるのは好きじゃありません。なので、短期間で終わらせたいと考えています」

紅茶をカップに注ぎ、ミレーヌさんに差し出す。

カップの中の紅茶に視線を落とすミレーヌさんは、あざ笑っているように見えた。

「それが出来れば苦労しないと言いましたよね？　アンジェから聞いています。帝国から来た留学生の騎士は、公爵と引き分けたそうですね？　帝国にはもっと強い騎士や、兵器が存在する可能性がありますよ。それでも、勝てると思いますか？」

「帝国と戦うつもりもありません」

「公爵が戦うつもりがなくとも、相手は違います。誰しも、強力な力を持つ存在は恐れるものですよ」

今のミレーヌさんを説得するのは、アンジェでも無理だった。

俺が政治の話をしたとしても、きっと納得してくれないだろう。

だから、強引に話を進めることにした。

「ジルクたちに同盟の切り崩しを進めさせています。ファンオース公爵家も、寝返らないと約束してくれましたよ」

「――本当に余計なことをしますね。廃嫡されたのが嘘みたいだわ」

有能さを発揮するジルクたちに、ミレーヌさんは「もっと前から本気を出せ！」と言いたいのだろう。

廃嫡前にその力を発揮していてくれれば、と思わずにいられないようだ。

「悪かったとは思いますけど、俺って戦争は嫌いなんですよね」

俺も席に着くと、ミレーヌさんが顔を上げて見据えてくる。

「力ある者の傲慢ですね。ロストアイテムの強大な力があるから、許される選択でもあります」

「そうですか？」

「個人の意志で戦争を終わらせてしまえる。これを傲慢と言わず、なんと言いますか？」

何となくだが、俺もミレーヌさんの言いたいことは理解している。

多くの人間にとって、戦争とは巻き込まれるものだ。

それを個人の意志で簡単に終わらせる事が出来る。

その気になれば、戦争を始めるのも簡単だ。

人より選択肢が多いというのは、贅沢な話だな。

「だったら傲慢で構いませんよ。敵を利用して、味方まで巻き込む必要はないでしょう？」

「――以前に話しませんでしたか？　王国――王家にとって、領主貴族たちは潜在的な敵であると」

「聞きましたけど、今は味方じゃないですか」

ヘラヘラと笑って言うと、ミレーヌさんは眉間に皺を作る。

今の俺の態度が気に入らないようだ。

「公爵は将来について考えたことがありますか？　百年先を想像したことは？」

「ありませんね。俺は生きていないので、関係ありません」

「そうですか。ですが、王家には将来のために行動する責務があります」

俺の答えがお気に召さなかったようで、失望した視線を向けられてしまった。

それにしても、責務ね――責任感の強い人だと感心する。

肩をすくめ、紅茶を一口飲んでから――カップを置いてミレーヌさんに宣言する。

「今のやり方は嫌いです。俺のやり方で終わらせます」

ミレーヌさんの目を見て言う。

数秒か数十秒か、時間が過ぎるとミレーヌさんが俺から視線を逸らして下唇を噛みしめる。どうやら、受け入れてくれたようだ。

「公爵が決めたなら、今の王家には逆らえません」

「すみません。でも、面倒なことにはしないつもりです」

他の国がこの戦いに加わるようなことだけは、避けなければならない。

ミレーヌさんが俺を見て訝しんでいた。

「出来るのですか？　ただ、敵を倒せばいいという話ではないのですよ」

「何とかします」

根拠などないが、やると宣言するとミレーヌさんが戸惑っていた。

理屈や正論ではミレーヌさんに勝てないが、強引に押し切れば意外といけた。

ミレーヌさんが俯いてしまった。

「それだけ自由に生きられる公爵が羨ましいですね。私にも力があれば、もっと好きなように生きられたでしょうに」

「今からでも遅くありませんよ」

軽い口調でそう言うと、ミレーヌさんが顔を上げた。

どこか張り詰めていたものから解放され、楽になったような顔をしている。

「私は、本心から公爵にエリカを嫁がせたかったのよ。そうすれば、あの子は幸せになれると思ったから」

「あまり認めたくはありませんが、王女様は婚約者がいいそうですよ」

「あの子も悪くはないけれど、公爵には劣ります。公爵と結ばれれば、あの子も国も安泰だったでしょうに。――ままならないものですね」

自嘲するミレーヌさんは、エリカが俺の前世の姪だと知らない。

だから、俺と結婚させようとするのだ。

姪と結婚とかあり得ない話だ。

「勘弁してください。俺は王女様より、ミレーヌさんの方がいいですね」

ミレーヌさんは、最初は何を言われたのか理解できなかったのか何度も瞬きをしていた。その後、ようやく気付いたのか頬を赤くしてムッとする。

「こんな時までからかうのですね」

「からかっていませんが？」

「エリカのもとに何度も通っておいて、よくそんな嘘が言えますね。本当に、男性というのは若い女性が好きなのですから」

「――俺にとっては、ミレーヌさんの方が魅力的です」

「そ、そうやってまたからかう」

刺々しさが消えて、今のミレーヌさんは以前のように可愛らしくなっていた。

そう、俺が出会った頃のミレーヌさんである。

「いえ、本気でそう思っています」

「えっ!?」

疑われるのは心外だと思い、普段よりも真面目な声で話をする。

「俺はエリカ様よりも、ミレーヌさんの方がいいです。結婚するなら、ミレーヌさんを選びますね」

本当に身分さえなければ、この人は完璧なのに。

王妃でさえなければ、と心から思っている。

すると、ミレーヌさんが顔を真っ赤にしていた。カップを手に取り、紅茶を飲み干すと乱れた呼吸を整え始める。

「公爵――リオン君は本当に酷い男性ですね」

「そうですか？」

イバンが城の廊下を歩いていると、戸惑っているメイドたちを見つける。

(おや？　彼女たちは、ミレーヌ様のお付きじゃないか？)

閉ざされた部屋の前で、落ち着かない様子の二人が気になり声をかけることに。

「どうかしたのですか？」

メイドたちは、声をかけてきたのがイバンであるため気を許していた。

「実は、ミレーヌ様がバルトファルト公爵と二人きりにして欲しいと言われまして」

「本来ならば避けるべきなのでしょうが、ミレーヌ様が公爵を説得する機会だとおっしゃるので」

王妃という立場で、男性と密室で二人きりなど醜聞でしかない。

何もなくても、邪推して悪い噂を広めるのが人間だ。

だが、イバンはこれを好機と考える。

「心配しなくても大丈夫でしょう。あの方に限って、問題を起こすことはありませんよ」

(青臭い正義感で飛行戦艦を勝手に動かし、ミレーヌ様の計画にも難色を示しているとは聞いていた。だが、あの方なら青二才を手玉に取れるだろう)

祖国、レパルト連合王国のために、ミレーヌがリオンを言いくるめてくれる。

そんな期待をしていると、部屋のドアが開いた。

ミレーヌとリオンが部屋の中から現れるのだが、イバンは目を限界までむいて驚いていた。

（な、何ぃぃぃ!!）

イバンは女好きで、日頃から女性に声をかけまくっている男だ。

そのため、女性の機微に聡い。

部屋から出てきた二人の雰囲気を見るだけで、色々と察することが出来た。

リオンがミレーヌの片手を両手で握っている。

「心配しなくても、全て片付けますよ。王妃様――いえ、ミレーヌさんは、吉報をお待ちください」

「口ばかり達者になりますね。――期待せずに待っていますよ」

普通に見れば、調子に乗った若造が大口を叩いている場面だ。

しかし、イバンはミレーヌの表情や仕草から内心を読み取ってしまう。

口では期待しないと言いながら、ミレーヌは僅かに頬を赤く染めている。

リオンの顔を直視できないようだが、体は常にリオンの方を向いていた。

どこか恥ずかしがる乙女のような姿に、イバンは冷や汗をかく。

（あ、あの、腹黒姫と呼ばれたミレーヌ様が、小僧を前に乙女になられているだと!?　見誤った。私は公爵を見誤った。公爵は青二才などではない。百戦錬磨の女誑しだ！）

心の中でリオンを畏怖するイバンは、二人が軽く会釈をして自分から離れていく姿を見ながら僅かに震えていた。

メイドたちもミレーヌを追いかけ、一人になったところで呟く。

「籠絡（ろうらく）されたのが、ミレーヌ様だったか」

第08話「殴られる前に殴れ」

「伯父さん、いったいどんな説得をしたんですか？」

朝。

リオンに詰め寄ったエリカは、頑なだったミレーヌが方針を変更したことを知らされて驚いていた。

廊下にはリオンの他に、ルクシオンとマリエの姿がある。

リオンは首をかしげているが、マリエは苦々しい顔をしていた。

「普通に説得しただけだよ」

特別なことは何もしていないというリオンに対し、マリエの方は顔を背けて舌打ちをしていた。

「こいつ絶対に何かやったわ」

マリエはリオンの言葉を信じていないようだ。

ミレーヌの心変わりが信じられないエリカは、リオンに何があったのかを聞き出そうとする。

「本当のことを教えてください。母上にとって、この戦いは王国の未来を左右する重要なものでした。簡単に意見を変えるとは思えません」

リオンはアゴを上げて困ったように思案しながら、エリカの質問に答える。

「いや、普通に俺に任せてくださいって伝えただけだよ。他には何も言ってないかな？」

「そ、そんなことで」

自分たちがどれだけ言葉を尽くしても、ミレーヌの心を解きほぐすことは叶わなかった。

それを前世の伯父であるリオンが、たった一日で成し遂げたのが信じられない。

エリカは口にこそ出さないが、リオンの政治と軍事のセンスは並みだと考えている。

そもそも、育った環境が平和な田舎の男爵家だ。

本人も今まで政治に関わろうとしてこなかったため、そもそも興味もないだろう。

エリカはリオンに、今後について尋ねる。

「それでは、この戦いをどのように終わらせるつもりですか？」

すると、リオンは悩まずに答える。

「決まっているだろ？　ラーシェルに乗り込んで神聖王とやらを一発ぶん殴る」

エリカは絶句して、何も言えなかった。

短期で解決しては、他の国々も警戒心を強めるという問題をリオンが無視しているからだ。

その割に、帝国と戦う覚悟を決めた様子もない。

声も出ないエリカに、マリエが同情して慰めてくる。

「心配だろうけど、気にしなくて良いわよ。こういう時の兄貴は、何だかんだと言って解決してくれるからね」

「か、母さん？　伯父さんを信じるの？」

マリエはエリカから視線を逸らしつつ、指先で頬をかく。

「信じているっていうか、そうなるだろうな～って。こればかりは、長い付き合いだから何となくわかるのよね」

エリカから見て、マリエはリオンを信頼していた。

これ以上の口論は無意味と悟ったエリカは、最後にリオンに尋ねる。

「伯父さん、本当に大丈夫なのですか？」

リオンは右手で胸を叩くと、エリカにニカッと笑って見せた。

「俺を信じろ。何しろ、俺にはルクシオンがついているからな」

リオンに頼られているルクシオンは、呆れているようだ。

『結局、私の力を頼るのですか』

「当たり前だろうが。俺が単独で、戦争をどうにか出来ると思うなよ」

『自信満々に言わないで下さい』

リオンたちの様子を見ていたエリカは、こんな調子で大丈夫なのか？　と頭痛を覚えていた。

◇

エリカが自室に戻っている途中だった。

廊下の向こう側からミレーヌがやって来ると、エリカの姿を見てハッとしていた。

何故驚くのだろうか？　そんな疑問を持ちながら、エリカはミレーヌに挨拶をする。

「おはようございます、母上」

「え、ええ、おはよう」

どこかぎこちないミレーヌの態度に、エリカは首をかしげる。

少し前までピリピリとしていたミレーヌだが、普段はもっと落ち着いて威厳があった。

優しくはあったが、同時に厳しさも持つ女性だ。

それが、娘のエリカを前にして困っている。いや、申し訳なさそうにしていた。

「どうかされたのですか？」

「少し話をしましょう」

エリカが心配になり尋ねると、ミレーヌは側にいたメイドたちを下がらせて、エリカと二人きりで話をする。

廊下の柱の陰に移動し、ミレーヌはエリカに謝罪をする。

「――エリカ、私は間違っていました」

「母上？」

何についての謝罪なのだろうか？　戸惑うエリカに、ミレーヌは複雑な表情をしている。

エリカに呆れているのではなく、自分に呆れ――それを娘に、どのように説明するべきか悩んでいるようだ。

「戦争の件もそうですが、公爵――リオン君と結ばれることが、エリカの幸せだと思っていたのよ。彼なら、きっとあなたを幸せにしてくれると思っていた。いいえ、思い込んでいたのね」

「――私にはエリヤがいますから」

フレーザー家との婚約破棄まで考えていたミレーヌは、エリカを見て申し訳なさそうにしている。

「娘に幸せになって欲しかったのに、自分の理想を押しつけていただけだったわね。本当はね、あなたには政略結婚の中でも幸せを掴んで欲しかったのよ」

ミレーヌは政略結婚でローランドと結ばれたが、個人的に幸せだったとは言い難い。

ローランドにしても、愛した女性と結ばれたわけではない。

政略結婚とはそういうもので、個人の意見を尊重していては成り立たない。

ただ、ミレーヌはその中でも、エリカには幸せな結婚をして欲しいと思っていたらしい。

その相手がリオンだった。

「でも、私の独りよがりだったわ。エリカの気持ちも考えずに、迷惑をかけただけね」

エリカはミレーヌの気持ちも理解しており、責めることはできなかった。

ホルファート王国の現状は、薄氷の上を歩いているようなものだ。

そんな中で、判断を求められるミレーヌの苦労は尋常ではないだろう。

強引に話を進めるのも、それ以外の方法を見つけられなかったためだ。

「母上も難しい立場だったと理解しています。だから、気に病まないでください」

エリカの言葉に、ミレーヌは瞳を潤ませる。

「あなたがもう少しだけ意地が悪ければ、私の後継者に育てていたのにね。——ただ、素直で優しい娘に育ってくれたことは、母親として嬉しく思いますよ」

エリカに意地の悪さが足りないと言いつつも、ミレーヌは娘の成長を喜んでいた。

自分のようにならずに良かった、と思っているようだ。

ミレーヌが指で涙を拭うのを見て、エリカは驚く。

「母上？」

「何でもないわ。ユリウスもエリカも、成長したと思っただけよ。ろくに子育てもできなかったけれど、手がかからないようになると寂しいものですね」

気付かぬ内に成長した二人に気付いていて、ミレーヌは嬉しくて泣いているようだ。

手のかからなくなった子供たちを見て、寂しさも感じているらしい。

エリカは、そんなミレーヌを見て複雑な気持ちになる。

前世を持つが故に、ミレーヌに申し訳ない気持ちを抱いていた。

そして、この雰囲気では大事なことを聞き出せないな、と。

(伯父さんと何があったか、聞き出せる雰囲気じゃないわね)

◇

フレーザー領にある観光地の湖。

湖を眺められる場所には、ベンチが用意されている。

そこに座って景色を眺めていたカールさんの隣に、俺は腰掛けた。

「ちょっと話をしませんか、皇帝陛下？」

カールさん――ヴォルデノワ神聖魔法帝国の皇帝陛下は、俺の方に視線だけを向けるが、すぐに景色の方を見る。

素性を知られたのに落ち着いたものだ。

「気付いていたのか。それとも、フィンの小僧か？」

フィンが俺に情報を流したのかと疑うが、俺は頭を振って否定する。

「あいつは喋りませんでしたよ。ただ、これまで聞いていた話と、フィンの態度から推測しました。まぁ、言ってしまえば勘ですかね？」

何となく怪しいとは思っていたのだが、わざわざミアちゃんの様子を見に来るとは思っていなかった。

フィンの話をつなぎ合わせると、カールさんが皇帝陛下で――俺と同じ転生者だと予想はできた。

それにしても、どこの国のトップもフットワークが軽すぎないか？

「――それで、わしに何か用かな？」

「ラーシェルに殴り込むので、今回は見逃してくれませんか？」

俺も観光地の景色を見ながら用件を切り出すと、杖を立てて両手を載せる皇帝陛下は不機嫌になっていた。

「一国を滅ぼす力を行使する者を見逃すことは出来ない。君は理由があれば、国すら滅ぼせるということだからな」

「別に滅ぼすつもりはありませんよ」

「何？」

俺は背伸びをしてから、空を見上げて本音を語る。

「国を滅ぼすとか面倒だし、恨まれるのでしたくないです。俺、こう見えても平和主義者ですよ」

ルクシオンが少し離れたところから『平和主義者に謝った方がいいですよ』とか言っているが、無視して皇帝陛下と話をする。

「駄目ですかね？」

皇帝陛下は、考え込み始める。数分が経過したところで、口を開いた。

「平和的に解決できたなら、見逃すことは可能だ」

「平和的？」

「皇帝という立場だろうと、全てを好きには出来ない。家臣たちがホルファート王国を脅威と判断し、滅ぼすべしと進言してくれば聞き入れなければ国内に問題が起きる」

「皇帝陛下の立場って弱いんですか？」

俺の質問に、皇帝陛下は何とも言えない顔をしていた。

「権力はあっても独裁を行えば、問題が出てくる。前世を持っているなら、それくらいは理解できるだろう？」

「まぁ、何となく」

「お前、実は阿呆だな」

阿呆と言われて腹立たしく思い、皇帝陛下の顔を見ると何故か嬉しそうにしている。

「何で笑っているんですか？」

「いや、こんな男のために不安にさせられていたと思うと、何とも馬鹿らしくなってきただけだ」

「こんな男って」

皇帝陛下は、深いため息を吐くと帝国での話をする。

「帝国では、お前を危険視していた」

「え？」

驚く俺を見て、皇帝陛下の方が驚いていた。

「当たり前だろうが。短期間で公爵まで成り上がり、アルゼル共和国に留学すれば、そのまま国を壊滅手前まで追い込んでおいて平和主義が通ると思うなよ」

フィンもそうだが、帝国の人間は俺を勘違いしている。

訂正しておくべきだろう。

「あれは俺のせいじゃない！　出世させたのはローランドだし、アルゼル共和国が滅んだのは内乱とラーシェルの暗躍のせいだろ！」

あいつら、裏でコソコソと動きすぎた。

皇帝陛下も、それは認識しているらしい。

「あぁ、知っているさ。だから、一度お灸を据えようと思っていた」

「――――なら？」

「神聖王をぶん殴ってやりたいのは、わしも同じ気持ちだ。奴ら、帝国を昔からの兄貴分扱いして、面倒を押しつけてくるからな。正直、今回はお前の件がなければ無視を決め込むつもりだった」

ムスッとしている皇帝陛下を見るに、ラーシェルという国は色々とやらかしているようだ。

皇帝陛下が俺を見て、複雑な表情をしている。

「だが、やり過ぎれば帝国は王国を敵と定めるぞ」

「その線引きを聞きたいですね。どれくらいの塩梅でやれば許されます？　俺としては、城が吹き飛んでも国が残ればセーフなんですけど」

俺がギリギリのラインを攻めようとすると、皇帝陛下が顔をしかめる。

「お前は、性格が悪いと言われるだろ」

「えぇ、何故かよく勘違いされて言われますね」

◇

リコルヌがフレーザー領に戻ってきたのは、それから数日後のことだった。

各国を回っていたジルクたちを呼び戻したのは、短期でこの戦争を終わらせるためだ。

そのためには戦力が必要になる。

軍港に来ると、リコルヌから降りてきたジルクたちにユリウスが駆け寄る。

「お前たち、よくやってくれた！　同盟を離脱した国々が増えていると、王宮から知らせが届いたぞ」

大喜びのユリウスに、ジルクは微笑みながら応える。

「この程度のことは、造作もありませんよ。まぁ、リコルヌと宝珠を用意してくれた、リオン君のおかげでもありますけどね」

わざわざリコルヌを借りたのは、アインホルン級で乗り込んで敵を脅すためだったらしい。

こいつ、本当にいやらしいな。

ただ、ジルクとは違って、ブラッドたちは随分と疲れた顔をしている。

両手に抱きしめた鳩と兎に語りかけている。

「ローズ、マリー、君たちだけが、旅の癒やしだったよ」

グレッグを見れば、普段は元気が有り余っている癖に座り込んでいた。

少しやつれているように見える。

「――俺はもう、二度とジルクの部下になんかならない」

何か嫌なことでもあったのだろうか?

最後の一人はクリスなのだが、こちらは何故かハイライトの消えた瞳をして作り笑いをしていた。

「そうだ。風呂に入ろう。一番風呂だ。そうすれば、この嫌な記憶もきっと洗い流せるはずだ。風呂は万能だ。心の傷も癒やしてくれるはずだ」

三人の様子がおかしいので、俺はジルクに問う。

「お前は何をやってあいつらを追い詰めた？」

問われたジルクは、三人を見ると額に手を当てて首を横に振る。

この態度だけでも、何か腹が立ってくる。

「少し冒険をしましてね。と言っても、遺跡やダンジョンに挑んだのではなく、各国で少し活動してきただけですが」

どうやら、回ってきた国々で言えないようなことをしてきたらしい。

「お前は野放しにすると危険なタイプだな」

「心外ですね。これでも、与えられた任務を忠実にこなしてきましたよ」

胡散臭い台詞を聞き流しつつ、俺は五人の視線を集めるために手を叩く。

「よ～し、お前ら注目しろ～」

間延びした声で呼びかけると、元気のない三人がフラフラと俺の方によって来る。

それが少し怖かったが、今は我慢だ。

「チマチマやるのは性に合わないと気付いたので、ラーシェルに一発かましてやることにした。お前らにも働いてもらうぞ」

俺の話を聞いて、ジルクが目を見開いている。

「ちょっと待ってください。それでは、私たちが行ってきた苦労は？」

同盟の切り崩しを任せていたが、短期決戦にするなら必要なかった――とも言えないが、重要度は低いだろう。

「悪いな。状況が変わったんだ」

すると、ブラッドとグレッグ、そしてクリスの三人が膝から崩れ落ちて泣き始める。

どうやら、ジルクの下で随分と苦労させられたようだ。

「僕たちの苦労は何だったんだよ！」

「俺の――俺の努力はどうなる！」

「私がどれだけ我慢したと思っているんだ」

野郎三人が泣いているのは見苦しいので、俺はユリウスの方を見る。

「というわけで、王子のお前は留守番な」

「なっ！　い、いや、仕方がない。俺は王子だからな。立場を理解しないといけないな。うん！」

聞き分けが良いように振る舞っているが、俺はこいつが何をするのか簡単に予想できてしまう。

アインホルンの作戦室。

円形のテーブル――円卓が設置され、その中央にはくぼみがあり、その上にはサッカーボールほどの水晶が浮かんでいる。

映像などの投影装置であるらしいが、説明が面倒なので魔法の水晶球であると皆には説明していた。

俺の両隣には、補佐をしてくれるルクシオンとクレアーレの姿がある。

作戦室には、主立った仲間の他に、フィンと皇帝陛下――カールさんの姿もあった。二人の姿を五馬鹿たちがいぶかしんではいたが、俺が許可したと言えば渋々ながらも納得してくれる。

そんな作戦室には、円卓に白の都の立体映像が投影されていた。

映像を見ながら作戦を考えるわけだが、アンジェが呆れたようにため息を吐いていた。

「自重を止めたのはいいが、想像以上だな」

リビアは立体映像に興味津々だ。

縮小された白の都に手を伸ばし、触れてみるが感触がないのに驚いていた。

「これ、本当に絵――映像なんですね。凄く現実的なのに、触れることが出来ないなんて不思議です」

興味津々のリビアの隣では、ノエルが映像を見ながら感心していた。

「湖の上に浮島があるのね。フレーザー領の観光地と似ているわ」

三人が立体映像に見入っていると、ユリウスたちが俺を複雑な表情で見ていた。

「――まだ実力を隠していたのか？」

ルクシオンの科学技術が想像を超えていたようで、参加した五馬鹿たち――他には、マリエ、カーラ、カイルの三人も驚いている。

「こんなの簡単に表に出せるかよ。俺がどれだけ慎重に動いていたか理解できたか？」

俺が自重していたと話すと、グレッグが呆れ顔で俺を疑っていた。

「行動は慎重じゃなかったよな？」

「これでも気を遣っていたんだよ」

「あれでか!?」

雑談に興じていると、作戦室に招いたミレーヌさんが頬に手を当ててため息を吐く。

そんな姿も絵になるくらい美しい。

「次から次に驚かされてしまいますね。出来れば、これが最後であって欲しいものです」

そんなミレーヌさんの希望に対して、クレアーレが残酷な真実を告げる。

『ふふっ、もっと驚かせてあげるから楽しみにしていてね』

「――古代の人たちが我々より優れていたのは知っていましたが、ここまでとは思いませんでしたよ」

旧人類が生み出した人工知能に、ミレーヌさんがまたもため息を吐いた。

すると、エリカが俺に尋ねてくる。

「それよりも、公爵はラーシェルに対して一撃を加えると言いましたよね？　具体的に何をするつもりなのですか？」

参加者たちの視線が集まると、俺は白の都にある城を指さした。

「奴らの首都に乗り込んで、城にあるっていう魔装を破壊する」

魔装の破壊を提案すると、両隣のルクシオンとクレアーレが何度も頷いていた。

『素晴らしい判断です。魔装をこの世から消し去りつつ、ラーシェルの切り札を奪ってしまうのですね。マスターにしては、合理的な判断です』

『魔装の破壊とか、マスターってばわかってるぅ！　私、全力でマスターのサポートをしちゃうわね』

どちらも魔装の破壊と聞いて、やる気を出していた。

それを複雑そうな顔？　一つ目で見ているのは、フィンの側にいるブレイブだ。

『こいつら、魔装が破壊できれば戦争なんてどうでもいいと思っているぜ』

ブレイブの発言を聞くフィンは、壁に背中を預けて腕を組んでいる。

「俺もお前も部外者だから、今は黙っておけ」

『——コアのない魔装は回収したいんだけどな』

残念そうに呟くブレイブが口を閉じると、マリエが首をかしげていた。

「あいつらの切り札を奪うのはいいけど、それで戦争が終わるの？」

マリエは俺の答えに期待していないのか、ユリウスの方を見て尋ねている。

頼られて嬉しいのか、ユリウスが早口で終戦への道筋を述べ始める。

「可能性はあるな。ラーシェルは首都を攻撃され、切り札を失うわけだから戦意が折られても不思議じゃない。——ただ、問題は他国がこれを見てどう思うかだな」

ジルクが会話に割り込んでくる。

「他国もリオン君を恐れていましたよ。これ以上、外道騎士としての異名が轟けば、帝国が動く可能性がありますね」

ジルクがフィンを一瞥したのは、警戒しているからだろう。

グレッグとクリスは、明らかに警戒してフィンの動きを注視していた。

フィンも理解しているのか、腕を組んで動く気はないと態度で示している。

マリエが不安そうに俺を見てくる。

「本物の魔装だっけ？　随分苦戦させられていたけど、本当に大丈夫なの？　帝国に攻められても勝てるのよね？」

帝国が動いた後を心配する周囲の反応に、カールさんは目を閉じて話を聞いていた。

俺はマリエの意見を鼻で笑う。

「誰がそんな面倒なことをするかよ。——ラーシェルの被害も最小限にとどめる」

ミレーヌさんは、俺の話を聞いて少し不機嫌そうにするが何も言わない。

アンジェは、俺が考えそうな作戦だと思ったのだろう。

「乗り込んで交渉でもするつもりか？」

そう、俺がやりたいのは直接の交渉だった。

「後ろでふんぞり返っているだけの神聖王様に面会して、拳を叩き込んでから話し合いだ」

右肩付近にいるルクシオンが、俺の説明を補足してくる。

『銃口を突きつけての交渉は、話し合いではなく脅迫と言うのですけどね』

「戦争を回避するためだ」

『——平和主義が聞いて呆れますよ』

俺のやりたいことを理解した面々だったが、やはり幾つも問題があるらしい。

ブラッドが頬を引きつらせている。

「それはいいけど、国同士の話し合いならリオンが全権を委任されていないと無理だよ。勝手に交渉をしたら、王宮が五月蠅いからね」

公爵である俺が、国の方針に従わず勝手に振る舞えば不満が出てくる。

グレッグも同様に、問題点を指摘してくる。

「国境や地方の領主たちは、もう寝返る準備を始めていたぜ。開戦前に全て片付いたら、その後はどうするんだよ？」

開戦はしていないが、戦争はもう始まっている。

どこもかしこも動き出しており、急に止まれと言われても無理だった。

ユリウスが自分のアゴに拳を当てながら、眉をひそめている。

「俺でも駄目だな。ただの王子である俺には、交渉する権利もない。王宮だって今の俺は認めないだろう」

冷静な五馬鹿たちを見ていたミレーヌさんが、悲しそうに頭を振る。

ハンカチを取り出し、涙を拭っていた。

「その聡明さを、どうしてもっと早くに発揮できなかったのですか」

今更能力を発揮したところで、ミレーヌさんからすれば何もかも手遅れなのだろう。

皮肉にも、今のユリウスが一番王太子に相応しくなっていた。

泣いている母親に気まずくなったユリウスが、話を逸らすように俺に話しかけてくる。

「今から王宮に戻るか？　多少時間はかかるが、全権を委任されればお前の作戦は実行可能だぞ」

するとクリスが眼鏡の位置を指先で整えつつ他の問題を指摘してくる。

「権限などの問題は解決したとしても、どれだけの戦力が出せるかが不安だな。この作戦、実行可能な飛行船はアインホルンとリコルヌだけだろう？　たった二隻では敵が押し寄せてくるぞ」

少数で乗り込めば、数で押し込めば勝てると敵が押し寄せてくるだろう。

厄介な魔装モドキも大量に出てくるのは問題だ。

「敵は切り札の魔装も出してくるだろうな。そうなると、一般的な鎧では太刀打ちできないだろう」

王国やフレーザー家の鎧を投入しても、魔装モドキの前では役に立たないだろう。

俺はジルク、ブラッド、グレッグ、クリスの四人に視線を巡らせる。

「お前たち四人には期待している」

グレッグが頭をかくと、複雑な表情をしていた。

「いや、出来ないとは言わないが、敵の主力が首都に集まっているだろ？　時間を稼ぐにしても、ちょっと厳しいぞ」

ルクシオン製の鎧を用意しても、多勢に無勢である。

次々に問題が出てきて、頭を悩ませる俺たち。

いっそ多少の被害が出ても——と思ったところで、カールさんがフィンの方を見る。

「手伝ってやったらどうだ？」

カールさんに言われたフィンが、驚いて聞き返す。

「手伝う？　おい、それは——」

「構わんよ。ついでに、わしも同行しよう。少しばかり役に立てるはずだ」

「いいのか？　王国の戦争に関わることになるぞ」

カールさんが俺を見る。

「本当に被害を抑えて戦争を回避できるのなら、手を貸すのも悪くない」

アロガンツを圧倒したブレイブが戦力に加わると聞いて、グレッグが俺を見て頷く。

すると、カールさんを見ていたミレーヌさんが、何かに気付いたのか目を見開いていた。

カールさんが同行するならば、とミレーヌさんも参加を決める。

「いいでしょう。それならば、私も同行して交渉に参加します。王宮の役人たちも、これで黙るはずです」

ミレーヌさんが王宮を黙らせることになり、これで問題が全て解決する。

ルクシオンが俺に尋ねてくる。

『条件がクリアされましたね。いつでも作戦を実行可能です』

俺は口角を上げて笑うと、全員に告げる。

「じゃあ、迷惑なラーシェルの奴らをぶん殴りに行くか」

「白鯨」

フレーザー家の城の中。

出発の準備に忙しいミレーヌに、イバンが駆け寄って説得を試みていた。

「ミレーヌ様、お止めください。レパルト連合王国のためにも、今回の戦争でラーシェルを追い詰めると約束してくださったではありませんか」

当初の計画では、ホルファート王国の被害を無視してラーシェル神聖王国を滅ぼす予定だった。

ラーシェル神聖王国を手に入れるのは、疲弊したホルファート王国ではなく、レパルト連合王国の予定だった。

どのみち、旧ファンオース公国との戦いから疲弊し続けているホルファート王国には、ラーシェルを統べるのは難しかった。

ミレーヌは廊下を足早に歩くが、イバンが追いかけてくる。

「短期で被害を最小に抑えると公爵が約束してくれました」

「そのような世迷い言を信じるのですか!?　ミレーヌ様、目を覚ましてください。あなたはあの男に騙されています！」

イバンがどこまでも追いかけてくるため、ミレーヌは立ち止まる。

「騙されたのなら、私もそこまでということです。それに——いえ、これは言う必要はありませんね」

ミレーヌは確かに、リオンに勝算があると見込んでいた。

その理由をこの場で明かすことはない。

イバンにミレーヌは言い放つ。

「長年レパルトを苦しめてきたラーシェルの切り札は、この戦いで排除します。本国にはそのように伝えなさい」

ミレーヌの説得は無理と判断したイバンが、項垂れながら返事をする。

「——かしこまりました」

◇

その頃、フィンはブレイブとカールを連れてミアの部屋を訪れていた。

ドアは閉ざされているため、ドア越しに話をする。

フィンは、告白以降にミアと顔を合わせて話が出来ていなかった。

「ミア——俺はリオンたちを手伝うことになったよ」

返事がない部屋に向かって会話をするフィンを、ブレイブは心配そうに見守っていた。

ただ、カールは血走った目を向けてくる。

ミアを傷つけたフィンを許せないようだが、それが告白絡みと聞いては複雑な心境なのだろう。

ミアの思いが叶えば、フィンとミアが付き合ってしまう。

叶わなければ、カールにとっては幸いだが、それでミアが傷つくのは嫌なのだろう。

「お前の検査はリコルヌが戻ってきてからするそうだ。エリカ王女様と一緒にするそうだから、しばらくお城で待っていてくれ」

――ここまで言っても返事がない。

(俺は何をしているんだろうな。ミアを守ると決めたのに、傷つけて――)

自分の判断が間違っているとは思わないが、傷つけたことに変わりはない。

フィンがドアの前から去ろうとすると、部屋の中で足音が聞こえてくる。

ドアに体を寄せたらしいミアが、フィンに話しかけてくる。

『騎士様はちゃんとミアのところに戻ってきてくれますか？　ミアのこと、嫌いになっていませんか？』

「っ！　あぁ、当然じゃないか！　俺は今でも、ミアのことが一番大事だ。だから、必ず戻ってくる」

すると、ドアが開いて中からミアが出てくる。

少しやつれたミアを見て、フィンとカールが衝撃を受けた。

カールが何かを言おうとすると、ブレイブが手を伸ばしてカールの口を塞いだ。

どうやら、二人の邪魔はさせないようだ。

フィンがミアを抱きしめる。

「悪かった。こんなになるまでお前を追い詰めてしまった」

ミアがフィンに腕を回して、服を握りしめる。

「ミアのことを好きじゃなくてもいいです。でも、必ず戻ってきてください」

涙ぐむミアに、フィンは今の気持ちを答える。

「――今すぐに答えは出せない。だが、いつかお前の気持ちにも向き合うつもりだ。それまで、待っていてくれるか？」

自分の気持ちに向き合う時間が欲しいと言うフィンに、ミアは泣きながら返事をする。

「うん」

◇

フレーザー領の軍港。

アインホルンとリコルヌに物資が積み込まれていく中、俺はエリヤに詰め寄られていた。

「公爵様、僕も参加します！」

エリヤもアインホルンに乗り込み、戦争に参加すると申し出てきた。

俺は嫌そうな顔をしていたと思う。

「嫌だよ。だってお前、フレーザー家の嫡男だろ？　何かあっても責任取れないよ」

迷惑だから来ないで欲しいと言うが、エリヤは引かなかった。

「王妃様も乗られると聞きました。僕が乗っても問題ないはずです！」

「あるよ。俺が嫌だし」

理由を端的に述べると、エリヤは俯いてしまう。

そのまま、どうして戦争に参加したいのかを俺に伝えてくる。

「公爵に嫌われているのは知っています。でも、僕は——エリカに相応しい男になりたいんです」

エリカを大事にする俺とマリエに嫌われているのは、本人も気付いていたようだ。

まぁ、露骨な態度だったから当然だろう。

そんな俺に頭を下げて参加を希望するのは、どうやらエリカのためだった。

「公爵とエリカの間に婚約の話が出たのは知っています。ぼ、僕とエリカの婚約を破棄させて、公爵と結婚させた方が国のためになるって」

「そんな話もあったな」

俺から断りを入れたのだが、エリヤには詳しい内情まで知らされていないようだ。

精々、婚約破棄の話が王宮で出ていたと聞かされたくらいだろう。

「エリカ本人から聞いたらどうだ？」

「——怖いんです」

「は？」

「エリカの口から、僕よりも公爵の方がいいと言われたら——僕は、立ち直れそうにありません。だから、もっとエリカに相応しい男になりたくて」

本人の口から俺との婚約話を聞きたくないから、戦いに参加したい？　こいつは根本的に間違えている気がする。

ルクシオンが俺に声をかけてくる。

『マスター』

「ん？」

ルクシオンの視線の先を見れば、そこには女の子が立っていた。

心配そうにエリヤを見守っている姿に、俺は大きなため息を吐く。

――どうやら、冷たくするのはここで終わりのようだ。

これ以上は、本気で怒られてしまう。

「エリヤ・ラファ・フレーザー！」

「は、はい！」

「俺の船にお前を乗せるつもりはない」

断言してやると、エリヤは奥歯を噛みしめ拳を強く握っていた。

悔しくて辛そうにしながらも、なおも食い下がってくる。

「そ、それなら、フレーザー家の飛行船で追いかけます」

「無理。俺の飛行船には追いつけないよ」

フレーザー家が所有する優秀な飛行船だろうと、アインホルンとリコルヌに追いつくのは不可能だ。

そもそも基本性能が違いすぎる。

エリヤが悔しさから涙を流し始めると、俺は深いため息を吐く。

「お前はフレーザー家の嫡男だろ？　だったら、自分の務めを果たせ」

「僕の務めですか？」

俺は遠くで俺たちを見ている女の子を指さしてやる。

すると、エリヤの視線もそちらに向かった。

「――エリカ」

心配して見守っているエリカに気付いたので、俺は話を続ける。

「こっちには王女様も俺の客であるミアちゃんも残るんだよ。お前は残って二人を意地でも守れよ。かすり傷一つでもつけたら、お前をボコボコにしてやる」

苛々しながら言うと、ルクシオンが俺をからかってくる。

『まだ二人の関係を認めないのですか？　本人同士が納得している上に、政略的にも正しい結婚ですよ』

「理解と納得は別だろうが！」

ルクシオンを怒鳴った俺は、困った顔をするエリヤに言う。

「正直、俺はお前を認めていないし、認めたくないと思っている。けど、けどな――あの子がお前を認めているから、仕方なく。仕方なく！　認めてやる」

「あ、あの」

エリヤの肩に手を置いて、強く握る。

「お前は残って自分の仕事をしろ。俺たちは、俺たちの仕事をする。あとな――王女様のことは頼んだぞ」

エリヤが拳を握りしめ、力強く頷いて返事をする。

「はい！　お任せ下さい」

「――でも、二人に何かあったら絶対に許さないからな」

念のために脅しておくと、エリヤが冷や汗をかいて少し震えていた。

「は、はい」

◇

リコルヌの艦橋には、クレアーレの他に作業用のロボットたちの姿があった。

その他には――。

「リオンはアインホルンに乗るんじゃないの？」

――ノエルたちの姿があった。

首をかしげているノエルに、俺は小さくため息を吐く。

「三人まで付き合うことはないのに」

俺が安全な場所にいて欲しいと願ったのに、三人揃ってリコルヌに乗船した。

アンジェが腰に手を当ててムッとした表情を向けてくる。

「私たちでは役に立たないと言いたいのか？」

「いや、別にそういう意味じゃないけど」

答えられずにいると、アンジェが腕を組んで小さくため息を吐く。

「まぁ、私に限っては大して役に立たないだろうな。だが、リビアとノエルは違うぞ」

アンジェが二人に視線を向けると、ノエルが右手で胸を叩く。

右手の甲にあるのは、聖樹の巫女であると示す紋章だ。

「任せてよ。これでも役に立つからさ。まぁ、あたしはサポートなんだけどね」

ノエルの視線が向かう先にいたのは、右手を胸に当てるリビアだ。

緊張した様子だが、俺の視線を受けると微笑む。

「以前からアーレちゃんと一緒に、何が出来るか話し合ってきたんです。大丈夫、リオンさんの邪魔にはなりませんよ」

それを聞いて、俺は責めるような視線をクレアーレに向けた。

本人は俺の視線を受けても、普段と変わらずひょうひょうとしている。

「余計なことを」

『あら？　マスターの役に立ちたいって彼女たちの願いを聞いたのよ。マスターってば愛されているわね。それなのに、何もさせないとか、マスターってば最低～』

俺のために何かしたいという気持ちは嬉しいが、安全な場所に居て欲しいというのは間違っている

のだろうか？

不満そうにしている俺に、リビアが近付いてきて腕を掴んでくる。

「リオンさん。私たちも役に立って見せますから。もう少しだけ、私たちを信じてくれませんか？」

「信じているけどさ。戦争はちょっと違うし」

これがただの冒険――ダンジョン攻略ならば、俺だって止めはしなかった。

しかし、戦争になってくると話が違う。

三人が弱いとは思わないが、戦争で他者を殺めた時に精神的な負担は大きいだろう。

優しければ、優しいだけ心が傷つく。

俺のように鈍感であればいいが、三人は揃って繊細だ。

リビアが俺を見て、困ったように微笑んでいた。

どうやら、俺が何を不安に思っているのか察しているようだ。

「リオンさんが、私たちを心配してくれているのは知っています。でも、大丈夫でしょう？　だって、リオンさんは戦いを止めに行くんですから」

「――リビア」

ハッとする。

そうだ、俺は戦いを止めに行くのであって、戦争をしに行くんじゃない。

可能な限り、敵の被害だって減らすつもりだ。

リビアが俺の手を両手で包み込み、優しく握ってくる。

「信じていますよ。だから、そのお手伝いをさせて下さい」

「――わかった」

リビアと見つめ合っていると、部屋の隅で居心地悪そうにしている集団がいた。

カーラとカイルを連れたマリエたちだ。

マリエが苛々した顔で俺たちを見ている。

「これから戦うのに、艦橋でイチャイチャしないで欲しいわね」

カーラは小さくため息を吐いていた。

「私も出会いが欲しいです」

カイルは、そんなカーラを慰める。

「落ち着いたら、学園で探せますよ」

「そうだといいんだけど、今の男子って三年生には冷たいから」

現状に涙するカーラを、カイルが必死になだめている。

リビアと手を取り合う俺は、マリエたちの方を見る。

「お前らもこっちに乗るの？」

今気付いたという反応をして見せると、三人が露骨に不機嫌な顔をする。

マリエが腰に手を当てて、上半身を前のめりにまくし立ててくる。

「悪かったわね！　そもそも、回復魔法が使えるなら手伝えって言ったのはそっちよね？　何で知らない風に言うのよ」

「悪かったな。でも、普段から養っているんだから、たまには俺のために働けよ」

「働いているわよ！　無茶苦茶頑張っているのに、私を評価しないのはそっちでしょうが！」

キーキーと喚くマリエに、ノエルが困ったように笑っていた。

「マリエちゃんも大変だよね」

同情されたマリエは、ノエルに俺の悪口を吹き込む。

「ノエルも気を付けた方がいいわよ。こいつは、釣った魚に餌をあげない最低な男だからね。たまにはぶん殴った方がいいわ」

「――考えとく」

ノエルは俺の方を見て、少し考えた後にマリエの意見に従うような反応をする。

そんなノエルの返事に俺は驚いた。

「え!?　マリエの言うことを真に受けるの!?」

驚いていると、リビアがニコニコしたまま握っている手の力を増していく。

アンジェも何が言いたそうに俺を見ていた。

――何故か俺の方が追い込まれている気がする。

ルクシオンとクレアーレが、この状況を見て話を始める。

『どうして鈍さだけは治らないのでしょう』

『これはもう、マスターの個性にして短所ね』

言いたい放題の人工知能たち。

そして、何か言いたそうな婚約者たち。
更に、俺に仕返しをして嬉しそうなマリエたち三人組。
俺は逃げるようにリコルヌから退散した。

◇

白の都にある神聖王の居城。
今日は青天で、神聖王は気分が良いためバルコニーに出て城下町を見下ろしていた。
神聖王が自慢の白髭を撫でながら言う。
「あくせく働く者たちを見下ろすのは気分がいいな」
民に対して慈しむ心など持ち合わせていなかった。
むしろ、苦しんでいる姿に喜びを感じる質だ。
神聖王にとって、人の命すら自分の物。
聖騎士たちを使い捨てにしても、心が痛むことはなかった。
周囲には美女たちが侍り、神聖王の機嫌を取るように尽くしている。
そんな時だった。
バルコニーに駆け込んできたのは、神聖王を守る親衛隊の騎士だった。
髭を生やした騎士は、神聖王に近付くと膝を突いて無礼を詫びる。

「偉大なる陛下、無礼な振る舞いをお許し下さい！」

「――何だ？」

不機嫌そうに顔だけ振り向くと、騎士の顔は青ざめていた。

「味方から急報です！　フレーザー領から、外道騎士が所有する二隻の飛行戦艦が出航したと知らせが入りました！」

「何だと？」

重要な知らせに、神聖王は騎士に体を向ける。

騎士は更に詳細な報告を行う。

「不確定な情報ですが、外道騎士は不敬にもこのラーシェル神聖王国に攻め込むとほざいていたとか。偉大なる陛下、すぐに避難の準備を！」

外道騎士がラーシェルに攻め込んでくると知り、侍っていた美女たちも動揺する。

体を震わせ、青ざめた顔をする者たちばかりだ。

それだけ、リオンの名前はラーシェルで恐れられていた。

神聖王が舌打ちをするが、すぐに思考を切り替える。

バルコニーの手すりに両手を置いて、目の前に見える飛行戦艦の艦列に笑みを浮かべる。

「逃げる必要がどこにある？　ここには、軍の半数以上が集結しているのだぞ。それに、短絡的な行動に出たホルファート王国の負けだ。すぐに帝国に使者を出せ。ホルファート王国が野心をむき出しにしたと知れば、皇帝も動くはずだ」

堂々と振る舞うと、幾分か周囲の不安が和らいでいた。

騎士も神聖王の振る舞いに感銘を受けている。

「そ、それでは、この城に残られるのですか？」

「当たり前だ。外道騎士がいくら強くとも、ここには聖騎士たちが揃っている。一人や二人ではない。何十人という数がいるのだからな」

騎士が深々と頭を下げる。

「失礼しました。では、私も持ち場に戻ります」

「うむ」

騎士が走り去ると、神聖王は周囲の者たちに呟く。

「――逃げる準備をするぞ」

驚く周囲の美女たちは、しきりに瞬きをしていた。先程と言っていることが違うではないか？　そんな顔をしているが、神聖王は気にしない。

(まぁ、わしが逃げる間の時間稼ぎくらいしてくれるだろう)

軍も命を捨てて戦う聖騎士たちも、神聖王にとってはただの捨て駒に過ぎない。

自分の命さえ無事ならば、戦後にホルファート王国からいくらでもむしり取るつもりでいた。

自慢の白髭を撫でる神聖王が、今後の算段をしていると美女の一人が両手で口元を押さえて叫んだ。

「う、上で何か光りました！」

全員の視線が上空へと向かうと、太陽を背にしている何かがいた。

神聖王が目を丸くし、自身の鼓動が速くなるのを感じた。

命令を出そうとすると、自分で思っていたよりも動揺していたらしい。

ほとんど叫び声になる。

「ぜ、全軍で迎撃しろぉぉぉ!!」

あまりにも急な敵の出現に、神聖王は叫ぶとすぐに城の中へと駆け込んだ。

高高度を飛行するアインホルンとリコルヌ。

リコルヌが先行しており、アインホルンの艦橋にいる俺は気が気でなかった。

「目標地点に到着したのに、どうしてリコルヌを下げない!? あそこには、アンジェたちがいるんだぞ!!」

ルクシオンを怒鳴りつけるが、本人は気にした様子がない。

普段通り淡々と俺に返事をする。

『クレアーレより提案がありました。リコルヌが先行して、敵の攻撃を防ぐそうです。効果的であると判断したので採用しました』

「勝手なことをするな! リコルヌを盾にするつもりか?」

『はい』

断言するルクシオンを殴ろうと振りかぶるが、フィンが俺の腕を掴んでくる。

今のフィンは、黒のパイロットスーツに着替えていた。

「喧嘩している場合か！　俺が出て船を守るから、お前は出撃準備をしろ。黒助、いつでもいけるな？」

フィンに呼ばれたブレイブは、不満そうにはするが準備は万全らしい。

『いつでもいいぜ。だけど、相棒。たまにはブレイブって呼んで欲しいぜ』

「あぁ、今度な」

『そう言って、いつも呼んでくれないだろ！』

フィンが艦橋を出て行こうとすると、ルクシオンが止める。

『邪魔をしないで下さい。そもそも、皆さんはリコルヌを――あの三人を過小評価しすぎです』

すると、先行していたリコルヌが、白の都に向かって降下を開始する。

斜め下に向かって突き進む姿は、降下というより突撃だ。

『リコルヌ、降下します』

「くそっ！」

艦橋を飛び出そうとすると、俺たちの接近に気が付いたラーシェルの飛行戦艦が上昇してくる。

そこから鎧が何百と出撃してくるのだが、その中には魔装モドキの姿も確認できた。

飛行戦艦の甲板には、ライフルを持った鎧の姿が見える。

何十機もの鎧を乗せた飛行戦艦が上昇し、リコルヌに狙いを定めていた。

ルクシオンが言う。

『敵の砲撃が来ます。リコルヌ、フィールド展開』

「――嘘だろ」

目の前の光景が、俺には信じられなかった。

リコルヌの艦橋。

用意されたシートに座るミレーヌは、目の前の人物に視線を奪われる。

「これが人に可能な魔法なの？」

押し寄せる鎧と、ライフルの弾丸。

それらを防いでいるのは、艦橋で魔法を行使するリビアだった。

用意された円形状の装置の上に立つリビアは、淡い白い光に包まれている。

白い光の中に、金色の粒子が僅かに混ざっていた。

リビアの髪がふわりと膨らむように広がっているのは、きっと魔力の流れによるものだろう。

サポートをするクレアーレが、陽気に状況を伝えてくる。

『フィールドの展開に成功。神聖な属性みたいだし、いっそ聖域って呼んでみる？』

聖域――リコルヌを包み込むのは、淡く輝く球体状のフィールドだ。

魔法で作られたフィールドには、表面に魔法陣の模様が描かれている。

陽気なクレアーレに答えるのは、火器管制の役割を担っているアンジェだった。

「名前は後で好きに決めろ。今は敵を近付けるな！　右舷から魔装モドキを先頭に、鎧の集団が来るぞ」

『気付いているけど、問題はどうやって吹き飛ばすかよね？』

「撃ち落とすのは最低限でいい。威嚇に止めろ」

アンジェの命令を受けて、クレアーレがリコルヌを操作する。

『無茶な命令だけど、マスターの意向だから従っちゃうわ』

リコルヌに収納されていた迎撃用の多銃身機銃が出現する。

ガトリングガン――銃身が回転し始めると、次々に弾丸をばらまいていく。

この世界では、鎧用の機関銃が未だに存在しない。

その理由は、弾丸を製造するコストが高いためだ。

鎧用の弾丸は、戦場では対飛行戦艦や対鎧を想定した魔力を込めた魔弾が使用される。

一般的な弾丸では、魔力のフィールドで威力が大きく損なわれてしまうためだ。

そのため、戦場ではコストのかかる魔弾が湯水のように消費されていく。

機関銃よりも、狙いを定めて一発ずつ撃つのが当たり前の考えだった。

それを無視して弾丸をばらまく行為は、普通の弾丸を使用していると思ったのだろう。

魔装モドキが他の鎧を守るため、前に出て弾丸の雨から味方を守ろうとする。

その行動にアンジェが奥歯を噛みしめていた。

「馬鹿者共が」

クレアーレの方は、魔装に関わる者にどんな未来が待ち受けていても気にしない。

いつものように、陽気に喋る。

『あらあら、普通の弾丸と思ったのね。でも、それって魔弾としても一級品なのよ』

クレアーレの言う通りだった。

魔弾が魔装モドキの装甲にダメージを与えていく。

普通の鎧なら一発で撃ち抜かれていただろうが、相手はモドキとはいえ魔装だ。

その装甲は一般的な鎧を凌ぎ、強い魔力に守られている。

魔弾だろうと容易には撃ち抜けないが、何発、何十発、何百発と浴びれば少しずつでも削れていく。

すぐに耐えきれなくなった魔装が、装甲を貫かれ黒い液体を噴きだして落下する。

追従していた鎧たちは、魔装モドキの落下する姿に混乱して散り散りに逃げ出していた。

『う〜ん、鎧はこれでいいけど、飛行船相手だと面倒ね。下手をすると、落下させてしまいそうだわ』

戦っているのは、白の都の真上である。

飛行船が落下すれば、そのまま城下町に落ちて甚大な被害を出すだろう。

それを許容できないノエルが、慌てた様子でリビアに右手を向けた。

ノエルの巫女の紋章が、緑色の光を放つ。

蓄えていた聖樹のエネルギーが、淡い緑色の光を放ってリビアに流れていく。

ノエルが行っているのは、リビアへの魔力の供給だ。

聖域を展開するため、大量の魔力を消費するリビアをサポートしていた。

「それをすると洒落にならないから、オリヴィアに任せるわ」

任せると言われたリビアが、ゆっくりと頷く。

「任されました！」

前を見据えるリビアが、右手を前に向けるとリコルヌの周囲に魔法陣が数百と出現した。

全長数十メートルの魔法陣が出現すると、それらは向きを変えて魔法陣が下を向く。

ミレーヌがその光景を見て、何をするのかと考えていた。

(魔法陣から攻撃？　いえ、それをすれば真下にあるラーシェルの首都を焼くわね)

そんな選択をリビアがするとは思えずにいたが、ミレーヌの予感は当たっていた。

だが、魔法陣の使用方法までは想像がつかなかった。

リビアが右手を引いて、上から打ち下ろすように振るう。

拳を真下に振り下ろすような仕草だ。

「少し揺れますけど、我慢して下さい！」

聞こえていないとわかっているだろうに、リビアは敵に対して申し訳なさを出していた。

ミレーヌがその甘さに眉をひそめるが――。

「何ですって!?」

――直後の光景に、リビアの甘さを責める気が失せた。

リビアが腕を振り下ろしたと同時に、魔法陣が一斉に降下を始めた。

それらが向かう先にいたのは、ラーシェルの飛行戦艦である。

魔法陣が飛行戦艦に接触すると、上昇する彼らの動きが止まった。

そして、ゆっくりと敵が降下し始める。

ミレーヌは、いつの間にか腰がシートから浮き上がっていた。

リビアが何をしたのか気付き、驚いて冷や汗を流す。

「魔法陣で飛行戦艦を上から押さえつけるですって？　そんなの、無茶苦茶よ」

ミレーヌとて王家に生まれた人間である。

幼少の頃より魔法の手解きは受けてきたが、リビアと同じ事をしろと言われても出来ない。

むしろ、同じ事をしろという奴がいたら、正気を疑うだろう。

そんな信じられない光景が、目の前に広がっていた。

ミレーヌの側に立っていたアンジェが、少し得意気に自慢してくる。

自慢の親友の活躍が嬉しいのだろう。

「どうですか、ミレーヌ様？　あなたが学園に入学させた特待生の実力は？」

特待生として平民を入学させた時、ミレーヌも反対しなかった。

人選までは行っていないが、入学の許可を求める書類にサインをした記憶はある。

「私は直接選んでいないわ。推薦があったから許可を出しただけよ。まさか、ここまでの人物を見出すなんて、思ってもいなかったわ」

とんでもない人材を見つけたものだと、ミレーヌは心の中で複雑な気持ちになる。

ただ強いだけならば諸手を挙げて喜んだが、今のリビアはそれを超えて脅威を感じるほどだ。

リオンとルクシオンがいなければ、ミレーヌはリビアを警戒していただろう。

アンジェがリビアの後ろ姿を見る。

「リビア、そのまま押し止めろ。後はリオンたちがやってくれる」

声を受けたリビアは、前を見たまま返事をする。

「――リオンさんが事を成すまでの時間は、私たちで稼いでみせます」

私たち。一人で戦っているのではないと、理解している台詞だ。

ミレーヌは三人と――人工知能一体の連携による結果が、あまりにも凄すぎて目眩を覚える。

「私はあなたたちも見くびっていたのね。いえ、実力を測れていませんでした」

「ミレーヌ様？」

「――アンジェ、強く育ちましたね。あなたを失ったのは、本当に惜しかったわ」

ミレーヌに惜しい人材と言われるが、アンジェは首を横に振る。

「むしろ、私ではなくリビアとノエルの方が凄いですよ」

自分は二人に劣ると言うアンジェに、ミレーヌが微笑みながら教えてやる。

「他者の実力を認められるのも強い証拠ですよ。そして、協力してこれだけのことを成せる絆は、得がたいものです。大切にしなさい」

アンジェが黙って頷くと、ミレーヌは最後に言う。

「もう、教えることは何もないわね。いつの間にか、先を行かれていたわ」

自嘲するが、タイミング悪く戦闘音でミレーヌの声はかき消された。

リビアの魔法を見ていたのは、ミレーヌだけではない。

ミレーヌがいる艦橋で肩身の狭かったマリエは、隅の方で戦いを見守っていた。

ユリウスたち貴公子を誑(たぶら)かしたとして、マリエはミレーヌから険しい視線を向けられることが多い。

そのため大人しくしていたのだが、そこでもリビアの異常さを感じていた。

カーラが外を指さす。

「マリエ様、見て下さいよ。敵の飛行船が押さえつけられて高度を下げていきますよ」

カイルは窓に張り付き、敵が右往左往している様を見ていた。

「敵も驚いて慌てていますね。これは、このまま勝負がつくんじゃありませんか？　ご主人様はどう思います？」

尋ねられるが、マリエは何も答えられなかった。

視線はリビアに固定されている。

（流石は強すぎてチート呼びされる一作目の主人公よね。言動で不人気だったけど、やっぱり糞強く

て頼りになるわ）

あの乙女ゲーでは黒騎士同様に公式チート扱いを受けていた。

それだけの能力を持っているとは知ってはいたが、現実で見せつけられるとマリエも驚かざるを得ない。

魔法を学び、習得したからこそリビアの異常さが理解できる。

（どれだけ努力しても、私じゃ主人公様には及ばないってわけね）

マリエは回復魔法を使えるが、それは僅かにあった才能を頼りに血の滲むような努力をした結果である。

自分でもよく頑張ったと思っているが、リビアの魔法は努力だけでは埋められない才能の差を見せつけられた。

（よく考えたら、私たちってこいつに喧嘩を売っていたのよね）

どこかで道を間違えていたら、主人公様のリビアが本気で敵に回ったかもしれない。

そう思うと、身震いする。

（兄貴が何とかしてくれて本当に良かったぁぁぁ!!）

マリエはこのタイミングで、リオンに感謝するのだった。

アインホルンの格納庫。

ルクシオン製の鎧が並ぶ中、外の様子をモニターで見ていた四人——ユリウスを抜いた五馬鹿たちが、リビアの戦闘を見てドン引きしていた。

ブラッドが他の三人の顔を見て、頬を引きつらせている。

「おい、これ——勝てるか？」

クリスは目を閉じて不敵な笑みを作ると。

「一対一に持ち込めれば勝機はあるさ。だが、持ち込めないなら完敗だ」

グレッグは腕を組んで堂々と宣言する。

「正直、戦いたくない。やりあったら一方的に負けるな」

リコルヌの武装も凶悪だが、何よりもリビアの魔法がえげつない。

魔法で一方的に飛行戦艦を封じ込めているが、これを実戦でやられると手も足も出ないまま母艦が落とされてしまう。

ジルクが青い顔をして口元を手で押さえていた。

「魔弾を一切通さないのも凶悪ですね。これでは、どうしようもありませんよ。戦わないのが上策です」

四人の見解が一致すると、格納庫内に足音が聞こえてくる。

振り返ると、そこにはまたしても謎の人物——仮面の騎士が立っていた。

「強者(つわもの)共が情けないことを言う。戦う前に戦意が下がっているようだが、それで今回の戦いに勝てるかな？」

　四人を強者と認めつつも、どこか挑発的な態度だった。

　グレッグが仮面の騎士を指さす。

「てめぇ、どこから入ってきやがった！」

　クリスは剣を抜き構えると、切っ先を仮面の騎士に向ける。

「またお前か」

　ジルクも拳銃を構えており、銃口を仮面の騎士に向けていた。

「どこにでも侵入してきますね。まるでネズミのようだ」

　仮面の騎士はネズミ呼ばわりされて苛立ったのか、声が少し大きくなった。

「失礼な奴だな！　せっかく助けに来たというのに、その態度は無礼だろ」

　腕を組む仮面の騎士。

　その姿は以前よりも豪華さを増していた。

　仮面の他に、着用している服やらマントが新品になっている。

　服の下にはパイロットスーツを着用しているようで、いつでも鎧に乗り込めるようだ。

　ブラッドが格納庫の入り口に視線を向けた。

「リオンが来た。今度こそ、お前の仮面を剥いで船から放り出してやるよ」

　だが、仮面の騎士は強気の態度を崩さない。

　まるで、リオンが自分を見逃すと理解しているようだった。

「それではリオン殿に聞いてみようか。リオン殿！　私にも鎧を一機用意して欲しい。ユリウス殿下のために用意された、立派な鎧があるだろう？」

ユリウスは乗り込んでいないのに、用意された白い鎧。

膝立ちでパイロットが乗り込むのを待っている姿だが、四人は不思議に思っていた。

誰も乗らないのにどうして積み込んだのか、と。

フィンを連れて格納庫にやって来たリオンは、仮面の騎士を一瞥すると興味を示さずに言う。

「好きにしろ。だけど、壊したら弁償させるからな」

弁償という言葉を聞いて、僅かに仮面の騎士がたじろぐ。

「か、可能な限り破壊しないと誓おう」

リオンはそのままアロガンツのコックピットへと向かう。

その際に他の四人にも声をかける。

「リビアたちが作ってくれたチャンスだ。仕上げは俺たちでやるぞ」

ブラッドたちが顔を見合わせ頷く。

「女性にここまでさせておいて、失敗したなんて報告はしたくないからね。僕も全力を出そうじゃないか」

リオンは笑みを浮かべると、そのままハッチを閉じた。

◇

『アロガンツの機体チェックが終了しました。オールグリーン、いつでも出撃できます』

ルクシオンの声を聞きながら、アロガンツを動かして格納庫のハッチへと向かう。

五馬鹿も鎧に乗り込み、起動させてアロガンツの後ろにつく。

「フィン、お前はどうする？」

鎧を展開しないフィンに尋ねると、肩をすくめていた。

『外でまとうから気にするな。このまま放り出してくれていい』

そんなことを言うフィンが、俺は理解できなかった。

前世でスカイダイビングなどが苦手だった俺は、フィンの度胸を尊敬する。

「怖くないのか？」

『相棒がいるからな』

フィンが相棒のブレイブを見ると、頼られて嬉しいのか胸を張るような仕草をしていた。

「ははっ、良いコンビだ。――ルクシオン、俺たちも出るぞ」

『了解しました。ハッチオープン』

ルクシオンが言うと同時にアインホルンの格納庫のハッチが開かれる。

船体横の左右に用意されたハッチが開くと、格納庫に風が吹き荒れる。

そんな中でも、フィンは余裕の顔で立っていた。

外を見れば、散発的な抵抗が行われている。

敵の飛行戦艦は身動きが取れず、鎧の多くはリコルヌを狙うもリビアのフィールドに阻まれていた。

文字通り、リコルヌ――いや、リビアたちを相手に手も足も出ていない。

そんな中、アインホルンに近付く機影を確認する。

「先に出るぞ」

アロガンツの背負ったコンテナバックパックのブースターが火を噴き、格納庫の外に飛び出すと敵の鎧が迫ってくる。

通信回線ではなく、外部マイクから敵の声が拾えた。

『見つけたぞ、外道騎士だ！』

『我ら聖騎士の怨敵を討て！』

『偉大なる陛下と美しき祖国のために！』

この台詞を聞くだけで、相手が魔装モドキと察することが出来る。

たった一度の出撃のために命を捨てる彼らは、文字通り国家に命を捧げた存在だ。

その生き方には疑問を持つが、馬鹿にするのもためらわれる。

「お前ら聖騎士はここで終わらせてやるよ」

せめて、ラーシェルの聖騎士という存在を絶やすとしよう。

操縦桿を動かし、フットペダルを踏み込むとアロガンツが加速する。

聖騎士たちから距離を取るため、螺旋を描くように降下していく。

「助からないんだよな？」

『はい』

無意味な会話に付き合ってくれたルクシオンは、今回は嫌みを言わなかった。

「そうだよな。――ライフルを出せ」

『ライフルを射出します』

コンテナから出てきたライフルをアロガンツが右手に掴み、構えるとモニターに魔装もどきの姿が見える。

ロックオン――照準が敵に固定され、引き金を引くとライフルから弾丸が発射されて魔装モドキの頭部を吹き飛ばした。

そのまま再生するかと思ったが、残った魔装の体にひびが入るとボロボロと砕けていく。

「また凶悪になったな。威力を上げげただけじゃないだろ」

再生能力持ちの魔装を一撃で仕留めてしまった。

『これまでのデータを基に、対魔装用に改修を行い、弾丸も魔装により高い効果を発揮するよう改良しました』

ルクシオンとクレアーレが蓄積したデータを基に、より強力な武器を生み出したようだ。

仲間がやられたのを見た聖騎士たちは、戦意が折れるどころか激高してアロガンツに襲いかかってくる。

魔装に取り込まれ、精神が不安定になってきていた。

『よくも仲間を！』

激高してスピードを上げた魔装モドキだったが、アロガンツで蹴り飛ばす。

スピードは上がっていても、直進してくるなら怖くない。

「読みやすいんだよ！」

蹴り飛ばした魔装モドキが、空中で体勢を立て直そうとしているところにライフルを向けて引き金を引いた。

飛散した魔装モドキが、白の都の象徴である白亜の城に落下して黒い液体をぶちまけていた。

それでも、聖騎士たちの魔装モドキは、外道騎士と呼ばれる俺を目の敵にしてアロガンツに群がってくる。

『偉大なる祖国のために！』

国のためと叫んで向かってくる魔装モドキは、その手に巨大なハンマーを握りしめていた。

空中で大きく振りかぶり、アロガンツと接近する前に振り下ろすと空中で回転したまま突撃してくる。

何て乱暴な攻撃方法だろうか？

軽口を叩きながら、アロガンツを避けさせた。

「悪いけど、俺は個人主義だから国のためって言われても共感できないね」

回転する魔装モドキは、大きく円を描くように方向を変えて再びアロガンツに向かってくる。

「ミサイル！　動きを止めればいい」

『発射します』

アロガンツのコンテナからミサイルが発射されると、それが回転する魔装モドキに命中して回転の軸を揺らした。

回転速度が落ちて、空中でフラフラとする魔装モドキに向かってライフルを構えて引き金を引く。

胸部を撃ち抜かれた魔装モドキが、そのまま動かなくなると落下していく。

次に現れる魔装モドキは、三機同時に襲いかかってくるようだ。

連携が取れているのを見るに、聖騎士としての実力が高いのだろう。

魔装を暴走させず、連携を取ってくる時点で実力者とわかる。

『単機で落とせぬなら、三人で仕留めるのみ！』

散発的な攻撃が目立つ魔装モドキだが、連携するとなれば厄介だった。

アロガンツならば性能で勝てるだろうが、被害を受けるのは嫌いだ。

狙いを付けた敵に接近すると、アロガンツの左手で掌底を叩き込む。

「まずは一つ」

インパクト——魔装が吹き飛ぶと、黒い液体がアロガンツに返り血のように降りかかる。

『戻ったら丁寧に洗浄しなければなりませんね』

ルクシオンが心底嫌そうに言うが、人工知能の癖に綺麗好きというか、魔装嫌いが徹底しているのも不思議な話だ。

淡々と敵を倒せばいいのに、何故か心のようなものを持っている。

旧人類たちは、何を考えて人工知能たちに心を持たせたのだろうか？

『よくも兄さんを!!』

どうやら、三機の魔装モドキを操る聖騎士は、兄弟だったらしい。兄の敵を討つため突撃してくる魔装モドキを蹴り飛ばした俺は、もう一機に狙いを付ける。

怒りに我を忘れた魔装モドキのおかげで、アッサリと連携が乱れた。

「これで二つ目――残りはお前だけだ」

兄弟の仇討ちという目的を持った魔装モドキは、精神的に不安定になったのか人型の姿を維持できずに膨れ上がった。

丸く膨らんで球状になると、大きな口が出現する。

そして、背面には、球体の大きさの割には小さなコウモリの翼が生えていた。

『お前を粉々に砕いてやぁぁぁ!!』

大きく開いた口の中を見れば、ノコギリ刃が振動していた。

アロガンツに噛みついてくるので、左手を差し出してやる。

肘から先に食らいついた魔装モドキが、刃を振動させて金属同士のこすれる嫌な音を立てる。口の中から火花が外に出てくると、ルクシオンが呆れていた。

『遊びすぎです。もしくは、気に病んだのですか?』

俺の気持ちに敏感な奴だ。

兄の敵を討ちたいという姿に、ニックスやコリン――男兄弟の顔が思い浮かんだ。

俺も同じ立場なら、絶対に復讐していただろう。

次第に金属音がしなくなると、魔装モドキが口を開ける。

アロガンツの左腕は多少の傷が入るも無事で、代わりに魔装モドキのノコギリ状の歯が全て砕けていた。

「――吹き飛ばせ」

『了解しました』

左腕から衝撃波を発生させると、魔装モドキが弾け飛ぶ。

感傷にひたっている暇もないため、俺は顔を動かして次の目標を探す。

考えるのは、全てが終わった後にしよう。

「次は！」

『地上より新たな魔装モドキが上昇してきています。どうやら、練度の低い聖騎士を投入してきたようです』

攻め込まれて焦ったラーシェル神聖王国は、まだ一人前とは言えない聖騎士の候補生まで投入してきたようだ。

それがわかる理由は、上がってきた魔装モドキの姿だ。

どれも歪（いびつ）な形をしている。

「さっさと倒して魔装を破壊するぞ」

『――いえ、その必要はありません』

アロガンツの横を通り抜けて急降下していくのは、カラフルな鎧たち。

ユリウス——仮面の騎士が乗った白い鎧を先頭に、赤と水色の鎧が続く。

三機が魔装モドキに斬りかかっていた。

そして、アロガンツに向かってくる一体の魔装モドキは——遠くでライフルを構えているジルクの緑色の鎧に撃ち抜かれる。

ジルクから通信が入る。

『ここは我々に任せて、どうぞお先に』

「たまには役に立つじゃないか」

軽口を叩けば、ジルクも俺に合わせてくる。

『もっと我々の仕事ぶりを評価して欲しいですね。落ち着いたら、私の評価を修正するためにも話し合いの場を設けて下さいよ』

ちゃっかり、自分だけ評価を改めろと言ってくる辺りがジルクらしい。

他の四人については再評価しなくていい、と言っているようなものだ。

ジルクの乗る鎧が、次々に魔装モドキを撃ち落としていた。

どうやら、アロガンツが持っているライフルと同等の性能らしい。

降下しようとすると、翼を広げた魔装——フィンとブレイブが融合した本物の魔装が俺たちの隣に来ていた。

その姿を見た聖騎士たちが驚いている。

『どうして聖騎士が裏切る!?』

『いや、そもそも誰だ！』

『あれほどの美しい姿、そうはないぞ』

本物の魔装を前にして狼狽える聖騎士たちだったが、隣にいるのはフィン――帝国が所有する魔装だ。

フィンは魔装モドキたちを相手にしなかった。

『リオン、黒助が魔装の強い反応を湖の下から感じると言っている』

「城じゃないのか？」

フィンに代わってブレイブが、俺に魔装のありかを教えてくれる。

『間違いない。湖だ』

右肩の方を見れば、ルクシオンの赤いレンズが点滅していた。

『魔装の位置を特定しました。それから、神聖王と思われる人物が脱出のため飛行船へ乗り込んでいます』

「先にそっちか」

『いえ、どうやら面倒なことになりそうです』

ルクシオンだが、その口調はどこか呆れていた。

俺に対する呆れではない。

本当に度し難いと思った呟きのようだ。

その直後、フィンがアロガンツを突き飛ばした。

『下がれ！』

「っ！」

フィンに怒鳴る前に見えたのは、湖の中から何かが飛び出して出来た水柱だった。

それも一つや二つではなく、何十と出来ている。

フィンの魔装が剣を抜いて構えると、湖から出てきた何かを斬り裂く。

よく見ると、フィンが斬ったのは随分と大きな種だった。

大きさは大人一人分くらいだろうか？　そんな種が湖から次々に撃ち出されている。

それを見たルクシオンが、赤いレンズを怪しく光らせた。

『ミサイルの使用許可を求めます』

「やれ」

ためらわず許可を出すと、コンテナバックパックのハッチが開いてそこからミサイルが発射される。

ミサイルが追尾するのは、湖から撃ち出された種だった。

命中して爆発を起こし、焼かれた種が湖へと落下していく。

「何の種だ？」

フィンには予想がつかないようだ。

『俺は知らない。黒助はどうだ？』

『長い年月で独自の成長を遂げているから、俺も予想がつかないぜ。まぁ、植物系だとは思うんだが』

植物系と言われた魔装が眠る湖から、つたが伸びてきた。

先端に見えるのは、二枚貝のような形状をした葉っぱ――いや、前世で見たような形状だ。

二枚貝に刺がついたその禍々しい姿が、湖から六本も出現する。

「思い出したわ。ハエトリソウだ」

俺が呟くと、聞いていたフィンも納得する。

『言われると確かに似ているな。まぁ、似ているだけで、別物なんだろうが』

巨大なハエトリソウが、無差別に周囲に襲いかかっていた。

一番近くにいた魔装モドキに襲いかかると、挟み込んでそのまま――。

『な、何故だ！　私は味方――だ――』

一瞬で挟み込まれ、溶かされてしまったらしい。

「暴走してるじゃないか！」

『無理に起動させたのでしょう。本当に厄介な敵ですね。それはそうと、撃ち出された種にも問題があります』

モニターに映る撃ち漏らした種の姿は、城下町に落下すると六本の足が生えていた。種が割れて大きな口になると、城下町の人々を襲い始める。

大きな口で近くにいた人々に襲いかかる姿は、見ていて気持ちのいいものではない。

「先にこっちか」

救助に向かおうと操縦桿を動かすと、城下町に紫色の鎧が舞い降りた。

無駄にポーズを決めるその鎧は、六本のスピアを背負っている。

『ここは僕に任せてもらおうか』

◇

城下町に着地したブラッドの乗る鎧は、右手に円錐状のスピアを持っていた。

背負っているスピアも同じ構造をしているのだが、他の武器は見当たらない。

コックピットから外の様子を見れば、アロガンツとブレイブが湖から撃ち出される種を撃ち落としていた。

処理しきれなかった種が城下町に落下すると、化け物となって動き始める。

ブラッドはスピアを地面に突き刺すと、柄の石突きに鎧の両手を載せる。

敵地で余裕を見せた姿勢だが、本人は遊びでやっているのではない。

周囲では魔装から発射されたと思われる種が、人々を襲っていた。

その光景に顔をしかめる。

「実に醜い。守るべき民を苦しめるなど、貴族として――騎士として見逃せないな」

表情を消して集中するブラッドが、操縦桿を握りしめると魔力が溢れる。それをコックピットに用意された魔力感知装置が受け取り、鎧の背中にあるスピアに伝達される。

背中から射出された六本のスピアは、空中を飛び回った。

ブラッドの乗る鎧からの命令を魔力で受け取り、それを実行する。

「単機で多数を圧倒するのが僕の鎧の特徴でね。君たちにとって、僕は最悪の相性なのさ」

返事はないが、自己を肯定する発言は止めない。

ブラッドが操る六本のスピアには、光学兵器が仕込まれていた。それをリオンは、魔法的な何かとブラッドに説明している。

ただ、ブラッドも馬鹿ではない。

魔法的な攻撃手段ではないのは察していた。

スピアが種の化け物たちに突撃し、貫いて倒していく。

そして、六本のスピアが上空へと舞い上がると矛先を地上に向けた。

「一匹たりとも逃がしはしない」

ブラッドの言葉通り、スピアから放たれるレーザーが種の化け物たちを焼いていく。

城下町の人々が、そんな光景を見て唖然としていた。

中には、助けてくれたブラッドの鎧に近付いてくる人々もいる。

ブラッドがコックピット内から、そんな人々に逃げるようにと促す。

「今の内に逃げるんだ」

◇

——城下町に降りてポーズを決めるブラッドを見た時は、少しだけ心配した。

だが、種の化け物から城下町を守る姿を見て安堵する。

「あいつもやれば出来るじゃないか」

俺が珍しく褒めてやると、ルクシオンも感心していた。

『単機で多数を相手に出来る鎧ですが、そのためパイロットに求める技量も高くなっています。相性の問題もあるでしょうが、ブラッドはよくやっています』

「他は五馬鹿に任せて、俺たちは魔装の相手をするぞ」

魔装の相手に集中できると言えば、剣を振るって種を斬り裂いたフィンが俺に神聖王の確保について確認してくる。

『王様が逃げようとしているが、そっちはいいのか？』

「任せたから大丈夫だ。さて、まずはどうやって倒すか——」

湖の中から、ハエトリソウのような巨大植物を出現させる魔装だ。

どうやれば引きずり出せるか考える。

「あの気持ち悪い植物を全部焼き払って、敵の出方を確認するか」

ライフルをコンテナに収納し、代わりに取り出したのは戦斧だった。

アロガンツが片手持ちの戦斧を右手に持つと、ブレイブが嫌そうな声を出す。

『うぅ、俺はその斧が嫌いだ。嫌な音がする』

戦斧は高周波ブレードが採用されており、切れ味に特化した武器になっている。

どうしても甲高い音を発生させるため、五月蝿い武器だ。

それでも、今の敵を相手にするには最適だろう。

「全部斬り飛ばしたら、流石に出てくるかな？」

『情報不足で判断出来ません』

アロガンツがスピードを上げて巨大なハエトリソウに向かうと、敵が反応して二枚貝のような葉を広げて襲いかかってくる。

アロガンツを加速させて避けるが、そのせいで体がシートに押しつけられる。

激しい動きは、やはりパイロットにも負担が大きいが――。

「まずは一本！」

――避ける際にハエトリソウを切り落とすと、二枚貝のような葉が湖に落下していく。

茎が触手のようにうねって暴れ回り、切り口から黒い液体をまき散らしていた。

アロガンツに斬られたのを根に持ったのか、他のハエトリソウが動き出す。アロガンツに狙いを定めて向かってくると、フィンがその内の一本を斬り落とす。

ロングソードの美麗な剣捌（さば）きを披露するフィンは、他のハエトリソウも斬り落としていた。

翼を広げて自由に飛び回るフィンの魔装――ブレイブは、ハエトリソウや触手を次々に斬り裂いていく。

「魔装も悪くないな。鎧だけで考えると、あっちの方が性能は上だろ？」

『――馬鹿なことを言っていないで、仕事をしたらどうですか？　それから、アロガンツの性能と比べるなら、総合力で判断して下さい。多彩なオプションパーツを持つアロガンツは、どのような状況にも臨機応変に対応可能です。魔装に負けるわけがありません』

俺が魔装を褒めたせいで、不機嫌になったルクシオンが早口でまくし立ててくる。

「悪かったから怒るなよ」

『私は怒りません。――マスター、下から来ます』

ルクシオンの警告に反応してアロガンツを上昇させると、触手やら新たなハエトリソウやらが出現してきた。

湖の中から次々に姿を現してくる。

その様子から、俺は湖の外に出た植物を倒しても意味がないのを悟った。

「これはいくら頑張っても意味がないな」

『再生と増殖を確認しました。――どうやら敵は、マスターの好まない手法で魔装を起動させたようですね』

「俺が好まない？」

眉根が寄るのを感じる。思っている以上に、俺は不快に感じていたようだ。

「どうする？」

『――アロガンツは戦場を選びません。アインホルンより、水中戦用の装備を射出します。空中で換装して下さい』

「水中戦は経験がないんだよなぁ」

俺が嫌がっていると、触手たちがアロガンツに群がってくる。

ミサイルを発射して焼き払い、それでも倒しきれない敵は戦斧で斬り裂いた。

フィンの方も触手に追い回されている。

『水の中か？　俺も一回しか経験がないな』

「あるならいいだろ。お前に任せていい？　俺はもう帰りたいよ」

湖の中で触手を操る魔装と戦うとか、勘弁して欲しい。

フィンに押しつけようとすると、ブレイブの方が先に返事をする。

『お前たちの戦争だろうが！　相棒は手伝っているだけだって忘れてないだろうな？』

ブレイブの反応に、ルクシオンは冷たかった。

『そちらが参加しなくとも、マスターの勝利は揺るぎません。手伝わせている、と言った方が正確でしょう』

『こんな時まで嫌な鉄屑だな！』

『魔装のコアと馴れ合うつもりはありません。人間風に言うならば〝尻尾を巻いて逃げろ〟でしょうかね？　恐怖を感じているなら、逃げても良いのですよ』

『あぁぁぁ!!　俺はこいつが嫌いだぁぁぁ!!　やってやろうぜ、相棒!!』

ルクシオンにからかわれて、激高しながらやる気を見せるブレイブは可愛げがあるな。

フィンの方は呆れていた。

『落ち着け、黒助。それから、俺たちまで水中に入れば植物共の相手をしている余裕がなくなる。というか、あれだけ啖呵を切ったんだから、自分でどうにかしろよ、リオン』

カールさんに比較的平和に戦争を終わらせると約束した手前、俺が戦わないという選択肢はない。

フィンに丸投げしては、カールさんも俺に不信感を募らせるだろう。

いや、フィンを嫌っているカールさんだから、むしろ喜んでくれるか？　フィンの野郎を困らせてきました！　と報告すれば、きっと大喜びしてくれそうな気がする。

ルクシオンが戦力分析を開始すると、フィンの予想が当たっていたようだ。

『五人も現状では手が離せません。魔装の破壊は我々だけで行いましょう』

「やっぱり、俺がいつも一番面倒な役回りだよな」

触手やハエトリソウから逃げるために空中で飛び回っていると、アインホルンから発射された換装パーツが近付いてきた。

空中での換装なんて難易度が高いのに、敵に追われた状態では更に難しい。換装用のパーツは、飛び回るアロガンツに追従してくるが換装している暇がない。

「ちょっと厳しいかな？」

アロガンツに伸びてくる触手を戦斧で斬り払う。

しかし、切断面から再生してまた襲いかかってくる。

「一旦距離を――」

距離を取ろうとしていると、アロガンツと触手の間に翼を広げたブレイブが現れる。

触手たちをロングソードで斬り払うと、そのままアロガンツの盾になってくれた。

「フィン！」

『ここは任せろ。お前はさっさと終わらせろよ』

「助かる！　戻ったら礼をするからな」

『期待しないで待っている』

アロガンツを追いかけてきた触手が、ブレイブのロングソードに斬り裂かれた。

敵から距離を取ると、ルクシオンが換装を実行する。

『コンテナバックパックと脚部をパージします』

脚部は膝から先がパージされ、コンテナが切り離されるとアロガンツの速度が低下していく。

代わりに用意された脚部パーツがドッキングすると、水中用のためか普段よりも太くなっている。

バックパックは、ロケットを二つ並べたような物だ。

どちらもドッキングすると、すぐさまルクシオンがチェックを行う。

『換装が終了しました』

アロガンツの右手には、水中銃が握られていた。

そのまま自由落下に身を任せて降下していく途中、俺は深いため息を吐いた。

「こんなことなら、水中でも試し乗りしておくんだったよ」

主戦場が空であるため、水の中で戦うことはないだろうとこれまで避けてきた。

今になって後悔していると、アロガンツが水面に衝突すると同時にルクシオンが言う。

『少しはアロガンツの性能を見直しましたか？』

「まだ根に持っていたの？　お前、ちょっとしつこいよ」

人工知能とは思えない執念深さである。

リオンたちが水中戦を開始した頃。

白亜の城では、神聖王が用意された飛行船に乗り込んでいた。

城の地下に建造された飛行船の乗り場には、神聖王が脱出するために用意した速度に特化した飛行船が用意されていた。

飛行船の中には財宝が積み込まれ、乗り込むのは王族と必要最低限の船員たち。

そして、神聖王が気に入っている美女たちだ。

城内にある飛行船の乗り場には、一緒に逃げようと宰相がやって来る。

「陛下、わ、私も乗せて下さい！」

タラップで乗り込もうとする神聖王に、宰相がしがみついてくる。

突如現れ、味方の飛行戦艦のほとんどを一瞬で無力化した外道騎士一行に恐怖しているのか血の気の引いた顔をしていた。

だが、神聖王は乱暴に宰相を振り払った。

「お前は最後まで城に残って指揮を執れ」

そのまま飛行船に乗り込むと、神聖王は船員たちに告げる。

「すぐに出発しろ。目的地はヴォルデノワ神聖魔法帝国だ」

「はっ！」

戦っている味方を捨てて生き延びようとする神聖王の姿は、王族としては正しい姿だろう。

神聖王は不満そうにしているが、そこまで慌てていなかった。

「わしさえ生き残れば、ラーシェルは何度でも蘇る。王国の馬鹿共よ、今だけは勝利を喜べ」

帝国に亡命して、そこで王国打倒を掲げて世界を動かそう――そんな計画を考えていた神聖王だったが、飛行船が秘密の通路を抜けて外に出たところで激しい揺れに襲われる。

「な、何事だ！」

神聖王が叫ぶと、船員たちが外の光景を見ていた。

そこにいたのは、白く輝くアインホルン級二番艦――リコルヌだった。

隠し通路の先で待ち構えていたのだろう。

「あ、あり得ん。どうしてここがわかった？」

船員たちがざわついていると、リコルヌから声がする。

『――これまでです。降伏しなさい、神聖王』

淡々と降伏を勧告してくる相手の声に、神聖王は聞き覚えがあった。

「は、腹黒姫か」

神聖王が膝から崩れ落ちて床に座り込む。

第10話「水底の街」

湖の中には信じられない光景が広がっていた。

「何で水の底に街があるんだよ？」

水中戦仕様に換装したアロガンツが、水底に到着して着地する。

着地した瞬間に、砂が舞い上がって周囲の視界が悪くなった。

『私は気付いていましたよ』

「あぁ、そうですか」

アロガンツに取り付けられたライトが周囲を照らすが、やはり街が広がっている。

建物の中から姿を見せるのは、魚たちだった。

ルクシオンが赤いレンズを光らせ解析を行い、その結果を伝えてくる。

『かつて街があった場所を沈めたのでしょう。自然現象か、あるいは人為的かは、調査をすれば判明しますよ』

「悪いが、そんな時間はないな」

アロガンツのモニターに映るのは、蠢く触手たちの大本（おおもと）だ。

そこだけ水が濁って視界が悪くなっているのは、沈殿していた砂を舞い上がらせているからだろう。

水の中に広がる街を破壊しながら、触手を動かしていた。

『ドローンを射出しました。これより、敵魔装の解析を開始します』

バックパックから水中用のドローンが発射されると、周囲に散開していく。

それぞれが、解析を開始し、手に入れた魔装のデータをアロガンツに送ってくる。

「本で読んだことがあるが、あれが帝国から贈られた魔装か？　何で湖に沈めていたんだ？」

『手に負えず、湖に落としたのではありませんか？　魔石の破片を手に入れる際に、随分と被害を出したようですね』

触手が蠢いた瞬間、底に転がっていた何かを吹き飛ばした。

それは、潜水艦らしき残骸だった。

随分と前に沈められたような状態に見える。

「手に負えない物を扱うなんて馬鹿か？」

『手に負えない力を支配する――ある意味では進歩と言えますね』

アロガンツの右腕に持った水中銃を構えさせ、水中を移動する。バックパックと、脚部の推進力により加速していくが、空とは感覚が違いすぎていた。

「動きが鈍いな」

『水中なので我慢して下さい』

普段よりも動きが鈍く、そして重く感じられる。

その状態で魔装に近付いて様子を見れば、どうやら植物を操っているだけで本体は動いていなかった。

「これは、さっさと本体を倒して終わりかな？」

意外とあっさり終わりそうな展開に安堵していると、モニターに映し出される魔装の姿に絶句する。

ルクシオンが解析を行うまでもなく、何が起きたのか想像できた。

『魔装の力に魅入られるとは、何と愚かなことなのでしょうね。いっそ、この国を滅ぼしてしまいますか？』

ルクシオンの提案に、つい「やれ」と言いたくなるくらいには――酷い光景が広がっていた。

◇

リコルヌの格納庫。

無人機たちに囲まれた神聖王は、後ろ手に手錠をかけられ不満そうにしていた。

「腕がきつい。手錠を外せ」

自分が捕らわれたというのに、それを感じさせない図々しさにアンジェが険しい目つきをしていた。

「立場が理解できていないらしいな。ご自身が捕らわれていると自覚した方がいい」

アンジェが普段よりも低い声でそう言うも、神聖王は応えない。

「小娘が偉そうにするな。わしはラーシェルの神聖王！　貴様らとは違い、歴史や伝統を受け継ぐ由緒ある高貴な血筋だ。お前らに媚びるつもりは一切ない！」

ここまで来ると、いっそ清々しさを感じてしまう。

アンジェに代わって、ミレーヌが神聖王の前に歩み出た。

「高貴な血筋なら、敗北も潔く受け入れなさい。それから、湖に沈めた魔装を止めてもらいますよ。もう、あなた方は敗北したのですからね。抵抗はおよしなさい」

ミレーヌの冷たい視線を受けて、神聖王がそっぽを向く。

「――止められるものか」

「何ですって？」

ミレーヌが眉根を寄せ、怒りに拳を握りしめると神聖王が口を大きく開けて笑い始める。周囲を挑発するような笑い声だ。

「アレには残っていた聖騎士と、その候補をぶち込んだ。それだけでは足りないと思い、手頃な者たちも一緒にしてな。大勢を取り込み、今はアレも腹一杯だろうさ。ラーシェルが敗北したとしても、アレは止まらぬよ」

大勢の命を魔装に吸わせ、暴走を引き起こしていた。

唖然としていたアンジェが、我を取り戻す。

「お前は――」

神聖王を罵ろうとするアンジェだったが、リビアが腕を掴み止める。

「アンジェ、堪えて下さい」

「っ！　こんな行いが許されていいのか」

苦しい表情をするアンジェとリビア――ミレーヌも目を閉じて何か思案しているようだ。

その様子を離れた場所で見ていたのは、杖を持ったカールだった。

帽子を深くかぶり直す。

(まぁ、胸くそ悪い男だな。国同士の付き合いがなければ、関わり合いになりたくない。しかし、この男をどうするかで、お前たちの未来が決まるぞ)

カールは、リオンたちが神聖王をどのように扱うのか見ていた。

感情にまかせて殺してしまうならば、いずれは感情のまま世界を危機に陥れるだろう。

強すぎる力を持つが故に、相応の自制心があると示して欲しかった。

しかし、一人の少女が神聖王に歩み寄ると、その顔面に拳を振り下ろした。

カールもその光景に思わず声が出る。

「なっ！」

神聖王を殴ったのは、ノエルだった。

肩を上下に揺らして呼吸をしながら、殴られて床で呻いている神聖王を怒鳴りつける。

「あたしは――アンタみたいに、何でもかんでも見下す奴が大嫌いなのよ。人の命も粗末に扱って、何様のつもり？」

「こ、小娘が！　わしは神聖王だぞ！」

肩書きを出してノエルを威圧しようとする神聖王は、見ていて滑稽だった。

ノエルが右手を握りしめる。

「それがどうしたのよ。あたしはノエル――ただのノエルよ！　それ以上でも、以下でもないわ。ただの肩書きで、偉そうにしてんじゃないわよ！」

神聖王の顔に再び拳を叩き込むノエルに、カールは内心でガッツポーズをする。

（いい拳だ）

暴走するノエルをアンジェたちが取り押さえる中、カールは天井を仰いで帽子で顔を隠す。

（さて、外道騎士――お前はどうする？）

◇

湖の底には巨大な花のような物があった。

土色で表面にひび割れが目立つ花の中央には、魔装が置かれていた。

魔装の大きさは六メートルかそこらだから、花だけで全長三十メートルは超えるだろう。

その花の周囲の地中から、触手が水面に向かって伸びていた。

その魔装は原型こそ保っているが、表面には傷が多い。

魔装の破片を手に入れるため、ラーシェルの人間たちが削った跡もある。

その魔装の近くに見えるのは、まだ新しい潜水艦だった。

簡易な造りをしている物ばかりで、破壊されて花の周囲に転がっている。

魔装の表面には無数の苦しんでいる人の顔が浮かんでおり、動いているようにも見えた。

酷い光景に吐きそうになるのを我慢していると、ルクシオンが解析結果を知らせてくる。

『あの魔装から地面に向かって根が伸びています』

「植物も魔装の一部か」

『大勢の人間を捧げて暴走状態に持っていったのでしょう』

一度操縦桿から手を離し、そして関節をならす。

ラーシェルの奴らには人の心がないのか？　と問い質したい気分だ。

「さっさと終わらせるぞ」

『それがいいでしょうね。もっとも、水中戦のデータは不足しています。空と同じようにはいきませんから、注意して下さいね』

「初心者の俺に言うなよ」

フットペダルを踏み込むと、アロガンツが水中の中を突き進む。

右手に持たせた水中銃を構えさせて、魔装に向かって引き金を引いた。

発射されるのは、金属製の矢だ。

ただし、ルクシオン製の特別製である。

発射された矢は、魔装に向かっていたが触手に阻まれてしまう。

三本を発射し、三本とも触手が受け止めてしまった。

深々と矢が突き刺さると、触手がアロガンツに向かってくる。

攻撃を仕掛けたことで、俺を敵と判断したようだ。

「ちょっとばかり遅かったな。アロガンツが水の中に入った時に、攻撃を仕掛けてくるべきだった」

俺がそう言うと、ルクシオンが訂正してくる。

『それでも結果に大差はありませんよ』

触手を避けると、触手の動きに変化が起きる。

突き刺さった矢は、ルクシオン製の特別品――魔法的な処理が施されており、突き刺さった部分が変色し始めている。

緑色をしていた触手が、のたうち回るように動き出した。

その動きは他の触手にも伝播して、魔装の方も僅かに苦しそうにもがいていた。

「何の処理をしたんだ？」

『植物でしたので、試しに毒を撃ち込みました』

「毒!?」

『農薬です。幾つか種類を用意してきましたが、どうやら効果的でしたね』

敵が植物と判明した時点で、もう準備をしていたとか恐れ入る。

アロガンツに水中銃を構えさせ、俺はデタラメに撃ちまくった。

「だったら狙う必要はないな」

『マスターに命中率は求めていません。お好きにどうぞ』

「いちいち嫌みを入れないと会話できないの？　もっとブレイブを見習った方がいいぞ」

『必要性を感じません』

コックピット内でルクシオンと言い合いをしている内に、弾倉が空になっていた。
新しい弾倉をアロガンツが用意して、装填する。
操縦桿を動かしてその場から離れると、暴れ回った触手が振り下ろされた。
水の底にある街を破壊して、瓦礫やら砂やらが舞い上がった。
徐々に水中が濁り、視界が悪くなってきた。
「何も見えない中で戦うとか、勘弁して欲しいよな」
『その前に終わらせれば済む話ですが――やはり、一筋縄ではいきませんね』
触手が全て紫色に変色していくと、今度は枯れて茶色になっていく。
そのまま動かなくなると、魔装が置かれていた巨大な花が崩れ始めた。
魔装が腕を動かすと、ブクブクと膨らみ始めて巨大化していく。
暴走した魔装は人型を保てず、化け物のような姿になるのが特徴だ。
すぐさまアロガンツを移動させながら、水中銃で矢を放っていく。
魔装の表面に突き刺さるが、撃ち込んだ毒で変色まではしなかった。
ルクシオンが解析結果を伝えてくる。
『――短期間で耐性をつけたようです』
「新しい毒は？」
『一時的な効果を発揮したとしても、すぐに耐性を手に入れるので無意味でしょう』
「そうなると――」

水中銃をアロガンツが収納して両手を空ける。

「――いつもみたいに力尽くだな」

『その方が、マスターにはお似合いです』

「後で覚えとけよ」

まるで俺が乱暴者みたいな言い方ではないか。

片腕だけを巨大化させた魔装が、アロガンツに向かってくる。

その体にはひれが出現し、水の中でも自在に動き回れるようだ。

ただ、体のバランスが悪いため、動きはとても荒い。

水中で下手な泳ぎを見せられている気分になりつつ、襲いかかって来た敵をギリギリで避けてそのままましがみつく。

『魔装に取り付きました』

「ぶちかませ！」

アロガンツが手の平を魔装の表面に押し当てると、ルクシオンの赤いレンズが僅かに光った。

『インパクト』

魔装の表面が赤く発光し出すと、次の瞬間にはアロガンツが吹き飛ばされてしまった。

「なっ!?」

『衝撃の発生と同時に、波が発生して吹き飛ばされましたね』

「のんきに言うなよ！」

『水中では威力も減少しています。想定していたダメージは与えられていません』

舌打ちしたいのを我慢して魔装を見れば、体の一部を失いながらも健在だった。

失った部分がすぐに修復されるが、ついでに体の一部が巨大化して更に禍々しい姿になっていく。

というか、俺にとっての切り札が使えないとか聞いてない。

「くそっ、水中戦とか勘弁して欲しいぜ。いっそ、空に引っ張り上げて倒すか？　アインホルンで一本釣りとかどうよ？」

アインホルンに魔装を引っ張り上げてもらうことを提案するが、ルクシオンの反応はよろしくなかった。

『――マスターは、アロガンツの基本性能を侮っていますね』

「このタイミングでする話か？」

『アロガンツを侮られては困ります。操縦技術の拙（つたな）いマスターは、もっと機体スペックに頼って良いのですよ』

「言い方ってものがあるだろうが！」

会話を続けながら魔装から逃げ回っているが、敵の方は水中に特化していた。

水中でのスピード勝負は、魔装に軍配が上がるようだ。

オマケに、徐々に体が膨れ上がっていく過程で、更に水中に特化した姿になっていく。

人型を捨て、いつの間にか脚部は魚の尻尾になっていた。

不気味で禍々しい人魚のような姿になると、魔装は水中を自在に動き回る。

すぐにアロガンツの武器を確認すると、水中戦仕様であるため魚雷が用意されていた。

ためらわず発射すると、発射された四本の魚雷が魔装を追尾する。

だが、体の割に大きな腕を魔装が振るうと、針のような物が飛んで魚雷を撃ち落としていた。

着弾前に魚雷が爆発を起こし、水中で激しい揺れを感じさせる。

「魚雷も駄目か」

どうやって戦うべきか思案していると、ルクシオンは先程の話を続ける。

『私もクレアーレも、何もしていなかったわけではありません。ブレイブの出現に伴い、アロガンツの改修は進めていました』

会話をしている余裕がなくなり、答えずにいるとルクシオンが告げてくる。

『マスター、アンカーを使用して下さい』

この場合は錨の意味のアンカーだろう。

すぐにアンカーをアロガンツに使用させると、バックパックから発射された。

アンカーはワイヤーでバックパックと繋がっているのだが、そのまま魔装に突き刺さるとアロガンツが流され始める。

「やっぱりパワー負けしているじゃないか」

『踏ん張ってみて下さい』

言われるまま底に足をつけるアロガンツが、腰を下ろして踏ん張ると動きが止まった。地面の硬い部分を発見したアロガンツは、足裏からスパイクを出して突き刺す。

「耐えた？」

『アロガンツの出力を上昇させます』

コックピット内にマシンの低い音が聞こえてくる。

操縦桿とフットペダルの感覚が変わった。どちらも僅かに動かすだけで、普段よりも反応が速い。

軽くフットペダルを踏み込むだけで、メーターが急激に上昇していく。

「これは操縦が難しいだろ」

『頑張って下さい』

投げやりなルクシオンの返事に言い返す余裕もないまま、アロガンツの操縦に専念する。

魔装の方は何が起きたのか理解できていないようで、驚いて暴れ回っている。

アロガンツがワイヤーを手で掴むと、グッと魔装を引き寄せる。

暴れ回る魔装だったが、アロガンツのパワーに負けて思うように動けていなかった。

「もう逃がさねーぞ」

『少し弱らせましょう』

アロガンツのバックパックから、魚雷が幾つも発射される。

先程と違い、思うように動けない魔装には魚雷が何発も命中した。

爆発が何度も起きると、水中に黒い液体が広がっていく。

抵抗する力が弱まったのを感じた俺は、アロガンツを上昇させる。

「上がれよ、アロガンツ！」

フットペダルを限界まで踏み込むと、アロガンツが水面目指して急上昇する。

そのまま水の中から飛び出すが、水中戦仕様であっても飛ぶことは出来るらしい。

水の中よりも不自由さを感じてしまうのは、バックパックの性能が空に適していないからだろう。

それでも、アロガンツは魔装を湖から引き上げてしまう。

釣られた魚のように暴れ回る魔装だったが、アロガンツをその場で回転させた。

「地上で勝負をつけてやる」

『賢明な判断です』

わざわざ敵が得意とする戦場で戦う必要もないため、魔装を振り回す。アロガンツを中心にして、魔装が旋回を始めた。

ハンマー投げの要領で、遠心力を味方に付けたアロガンツがアンカーを解除すると魔装はそのまま白の都の象徴である白亜の城に激突した。

外壁を吹き飛ばし、内部が露出する。

白亜の城と呼ばれていたようだが、塗料で白く塗られているだけのようだ。

瓦礫を見れば、白い石など存在しない。

何だか豪華な城に見えていたが、騙されたような気分にさせられる。

魔装が魚のように跳ね回るため、余計に城が崩れていく。

アロガンツがバックパックをパージすると、そのままゆっくりと魔装へと近付いた。

魔装の表面には鱗が出来ており、それらが鋭く伸びてアロガンツを突き刺そうとしてくるが、どれもアロガンツの装甲を前に砕けてしまう。

魔装を見るルクシオンは、ラーシェルの判断に疑問を持っているようだ。

『操縦者を用意された方が厄介でしたね。暴走させている間に逃げるつもりだったのでしょうが、民を見捨てて逃げるならまだしも、我々がいなければ首都は壊滅していましたよ』

「神聖王は外道だね」

アロガンツが抵抗する魔装を殴りつけ、そして右手を開く。

そのまま掌底を打ち込み、暴れ回る魔装を押さえつけながら――。

『インパクト』

――アロガンツの右手から発生した衝撃波が、魔装の内部に伝達された。魔装は苦しそうにもがき始めると、内部が膨れ上がっていく。

ボコボコと各所が膨れ上がり、段々と丸い形に近付いたところでアロガンツが距離を取るため浮かび上がった。

数秒後には、水風船が弾けるように魔装の表面が割れて周囲に黒い液体をまき散らす。

白亜の城が黒く染められていたが、修繕費を請求されないなら問題ない。

「はぁ～あ、終わった」

毎度の事ながら、どうにも後味の悪さが残る。

勝利して喜べるという戦いは少なく、いつも心のどこかにわだかまりが残っていた。

表情から俺の気持ちを察したのか、ルクシオンが慰めてくる。

『犠牲者を増やしたのは、ラーシェルであってマスターではありません。責任を感じるのは、筋違いというものです』

「――ま、俺が攻め込まなければこんなことも起きなかっただろうけどな」

ラーシェルが追い込まれなければ、こんな凶行には及ばなかったとも言える。

しかし、ルクシオンは赤いレンズを横に振ると呆れた口調で言う。

『マスターがこの戦いを起こさなければ、被害を受けたのはホルファート王国の民でした。それも各地でこのような凄惨な光景が広がったと思えば、被害を最小限にしたと考えられませんか？　マスターは想像力に乏しいですね』

俺を怒らせて、気落ちした気分を変えてやろうというルクシオンの優しさを感じる。

いつも戦争後は優しい奴だ。

「勝ったのにいつも空しいよな」

顔を上げて呟くと、いつの間にか俺の周囲には五馬鹿と――フィンが近付いてくる。

仮面の騎士を演じるユリウスが、俺の活躍を称えてくる。

『見事だ、リオン殿。英雄の名に恥じぬ活躍だったよ』

「お、おう」

――俺は仮面の騎士について悩んでいた。

ユリウスの馬鹿な行動の一つなのだが、仮面を装着したユリウスに他の四人が気付いた様子がない。

ユリウスの悪ノリを知りつつ、一緒に楽しんでいるのだろうか？

ここまで周囲が気付かないと、変な勘ぐりをして訂正するのもためらわれる。

周囲がユリウスの奇行に付き合っている中、俺が真面目に「仮面の騎士ってユリウスだろ？」と言ったらどうなる？

周囲が冷めて「いや、知っていて合わせているんだけど？　てか、空気を読めよ」という反応をしそうだ。

五馬鹿に気を遣う必要はないと思うが、本当に気付かないのか、それとも悪ノリなのか？　俺は判断に迷っている。

そうしている間に、指摘できずにズルズルとユリウスの奇行に付き合わされているのが、何となく癪だった。

あと、どちらとも判断が付かない四人の反応も嫌いだ。

結果として放置しているのだが、誰でも良いからこの馬鹿共を止めて欲しい。

ブレイブがアロガンツの肩に手を置くと、通信回線が開いた。

どうやら、フィンは周囲に話を聞かれたくないらしい。

『随分と派手に仕留めたな』

「水の中だと倒しきれなかったからな。今度はルクシオンに、水の中でも魔装を吹き飛ばせる武器を用意してもらうさ」

『水の中で戦わないのが一番だけどな。それよりも、リコルヌが神聖王を確保したぞ』

クレアーレとアンジェたちが、神聖王を捕らえてくれた。

これで条件のほとんどはクリアされたわけだ。

俺が安堵からため息を吐くと、フィンが忠告してくる。

『まだ気を抜くな。あの爺さん、ミアに関わる話はポンコツばかりだが、政治に関しては手を抜かない主義だぞ』

いくら俺とフィンが親しくしていても、それを考慮してくれる人物ではないらしい。

「わかっている。後は交渉で終わらせる――ミレーヌさんが」

俺では交渉をしても足を引っ張るだろうと思い、ミレーヌさんに任せるつもりだった。そんな俺の情けない態度に、フィンは怒りつつも呆れていた。

『――大事なところは他人任せかよ』

「大事な交渉だから、ミレーヌさんに任せるんだよ。あの人は凄いぞ。能力も高いが、何よりもあの美貌だ。王妃様じゃなかったら、本気で口説いていたね」

戦いも終わったので軽口を叩くと、フィンが何故か納得したような声で言う。

『あぁ、そうか。お前、年上が好きだったのか。どうにも婚約者たちに冷たいと思っていたが、それが理由だったんだな』

「おい、訂正しろ。俺はアンジェたちに冷たくした覚えはないぞ」

右肩辺りにいるルクシオンが、俺から赤いレンズを背けた。

『自覚がないのが問題なのです』

「お前はどっちの味方だよ！」

ルクシオンを怒鳴ると、フィンが何かを納得したようだ。

『確かに、王妃様を相手にしている方が楽しそうに見えたな』

「言いがかりは止せ！　ていうか、お前はミアちゃんに何て答えるか決めたのかよ？」

『今は関係ないだろうが！』

「あるね！　男女間の話だ」

『大きな括りでまとめてんじゃねーよ』

フィンとあれこれ言い合っている間に、アインホルンとリコルヌが俺たちに近付いてきた。

第11話「ローランドの秘策」

戦いが終わると、ラーシェル側の飛行戦艦は全て機関を停止して湖に浮かべられた。

甲板には鎧が並べられ、兵士たちは退去させている。

無駄な抵抗をさせないために、ブラッドが鎧に乗り込み空から警戒していた。

ただ、何故かその姿に城下町の人々が熱心に祈りを捧げている。

紫色の鎧を神々しいもの、と勘違いしているのだろうか？

崇められているブラッドはナルシストであるため、この状況を喜んでいるかと思ったがそうでもなかった。

『――みんなが僕を崇めてくる。どうしよう、少しも理解できない』

流石のブラッドも困惑しているようだ。

城下町で暮らしていた人々を助けたので、感謝されるだろうとは思っていた。時々、逆に恨まれることもあるのだが、とにかく最悪の状況にならずに済んだ。

ラーシェルの人々――民に嫌われてしまっては、今後の話も面倒になってくる。

通信機からブラッドの戸惑う声が聞こえてくるが、俺は無視して自分の仕事に取りかかる。

仕事と言っても、話し合いの場に参加するだけだ。

リコルヌの会議室。

着替えを済ませた俺が部屋に入ると、待っていた人たちの視線が集まった。

ラーシェルからは神聖王ともう一人が参加し、ホルファート王国からはミレーヌさんを筆頭に、アンジェと俺が参加している。

もう一人が、遅れてやって来る予定だ。

アンジェが俺を気遣ってくる。

「早かったな。もっと休んでいたらどうだ？」

席に着いてから返事をする。

「さっさと終わらせて、ゆっくり休もうと思ってさ。それで、偉大なる陛下とやらとは、どこまで話が進んでいるの？」

拘束を解かれた神聖王が、不満げに腕を組んで俺を見ていた。

その態度が、いかにも見下しているため、俺の中で神聖王の第一印象は最悪になった。

「貴様が外道騎士か。こんな小僧が国を代表する英雄とは、ホルファート王国の底も知れるな」

俺は鼻で笑ってやる。

「そんな英雄に負けた国王がいるらしいが、誰だったかな？」

わざとらしく質問してやると、神聖王の顔が真っ赤になる。

煽(あお)り耐性の低い奴はこれだから困る。

自分から喧嘩を売っておいて、言い返されると怒るとは情けない。

煽り合いは怒ったら負けだ。

すると、俺の入室から少し遅れてユリウスが入ってきた。

神聖王を見たユリウスが、何かを察した顔で俺を見る。

「また何か言ったのか？」

「世間話だよ」

ユリウスは何か言いたそうにしていたが、そのまま着席する。

負けたのに態度を改めない神聖王の隣には、右手を怪我してアームスリングを装着した位の高そうな貴族が立っていた。

こちらは随分と緊張した様子だ。

「――これで全員ですかな？」

ミレーヌさんが微笑みながら返事をする。

「ええ、そうですよ、宰相殿。それでは、戦後処理のために話し合いをしましょうか」

戦争というのは、勝って終わりではない。

その後に待っているのは戦後処理である。

負ければ苦しい交渉が待っているが、勝ったのはホルファート王国側だ。

ミレーヌさんもどこか楽しそうに見えるのは、仇敵に勝利したこの場に神聖王を引きずり出したからだろうか？

だが、難しい立場に立たされているはずの神聖王が、不敵な笑みを浮かべた。

「今は勝利を祝うがいい。だが、本物の勝者というのは、最後に勝つ者だ。ただの一度勝っただけで、わしの上に立ったと思うなよ」

ミレーヌさんが微笑みながらも、目を細くしていた。

神聖王の態度が気に入らないのだろう。

俺の隣に座っているアンジェも同様に、神聖王の態度に不満を見せる。

「敗者には相応しい態度というものがあると思いますが？」

アンジェの言葉に、神聖王は聞く耳を持たなかった。

「ホルファート王国は、かつてはラーシェルから逃げ出した敗北者たちが築いた国だ。そのような国の人間に、礼を尽くす必要がどこにある？」

どこまでも俺たちを見下してくる神聖王の隣では、宰相が血の気の引いた顔をしている。

それでも、神聖王を諌めないでいるのだから、こいつも俺たちを見下しているのだろう。

俺の左肩付近に浮かぶクレアーレが、興味深そうに神聖王を見ている。

『面白いわね。あなたは、歴史的過去でこの状況をどうにか出来ると思っているのね？　現状は完膚なきまでの敗北で、マスターたち王国側の勝利よ。これを過去の栄光で覆せるのなら、非常に興味があるわ。過去の栄光にすがる敗北者の姿から、どんな勝者になるのか是非とも見せて欲しいわね』

興味を持っているのだろうが、その物言いが神聖王の癪に障ったらしい。

黙ったまま、憤慨して顔を赤くしている。

すると、俺の右肩付近に浮かんでいるルクシオンが、クレアーレを諌める。

『過去の栄光で戦争に勝てるのならば苦労しません。彼は今、現実逃避をしているのです。責任能力に欠けているので、交渉相手としては不足でしょう。誰か代わりの代表を用意してはいかがです？』

諫めるふりをして煽った。

こいつら、こんなことばかり覚えて仕方のない奴らだ。

いったい誰の影響だろうか？

すると、笑い声を我慢出来なかったのか、アンジェと――ミレーヌさんのクスクス笑う声が聞こえてくる。

女性に笑われたのが許せなかったのか、神聖王が拳をテーブルに振り下ろした。

「っ!?　……な、何を笑うか。お前たちが歴史の敗北者であるのは事実だろう」

振り落とした拳が痛かったのか、神聖王の勢いが弱くなった。

宰相も我慢できずに、口を挟んでくる。

「笑うとは無礼ではありませんかな？」

どちらが無礼なのか話し合いたいところだが、時間もないのでミレーヌさんが謝罪をして話を先に進める。

「そうですわね。失礼したわ。では、さっさと話し合いを終わらせましょうか。――まず、ラーシェルには軍事同盟を破棄してもらいます」

ミレーヌさんが条件を出すと、神聖王も宰相も黙って聞く。

「次に、賠償金を支払ってもらいます。そして、軍事力に制限をかけさせてもらいましょうか」

圧倒的な勝利であるため、ミレーヌさんも次々に条件を出していく。

ただ、宰相は口角を上げて笑っていた。

その様子にミレーヌさんが眉尻を上げる。

「何か不満ですか？」

「いえ、本当にこれが腹黒姫と恐れられたミレーヌ殿かと疑ったのですよ。おっと、今は王妃様でしたね」

腹黒姫とは随分な言い方だ。

ミレーヌさんが笑みを浮かべるが、目は笑っていなかった。

「偽者とでも言いたいのですか？」

「視野が狭く、大局が見えていません。むしろ、我々はホルファート王国に賠償金を求めます」

「――何ですって？」

ラーシェル側が賠償金を求めてくるとは思わなかったので、俺も驚いていた。

宰相は続ける。

「貴殿らに攻め込まれ、白の都と称えられた我らの首都は壊滅的打撃を受けました。加えて、白亜の城も何と酷い有様でしょう。賠償金額は、天文学的な数字となると覚悟されよ」

宰相の態度に満足した神聖王が、腕組みをしながら深く、そして何度も頷いていた。

「よく言った」

ミレーヌさんが呆れ果てている。

「立場が理解できていませんね」

神聖王がニヤリと笑うと、ミレーヌさんに教授するような態度で話しかける。

「確かにお前たちは強かった。だが、その強さが、より大いなる敵を生み出すのだ。目先にばかり目が行き、大局が見えないようだな。お前たちが勝ちすぎたことに危機感を抱くのは、何も我々だけではない」

ここまで言えば理解できるか？　というような顔を向けてくるので、俺はわざとらしく首をかしげてやった。

アンジェが小声で「お前という奴は」と呆れている。

「さぁ？」

「やはり強いだけの小僧だな。教えてやる。我がラーシェル神聖王国とも長い友好関係にある超大国――ヴォルデノワ神聖魔法帝国だ」

「ふ～ん」

肩をすくめてやると、神聖王が歯を食いしばっていた。

「やはり物を知らないようだな。超大国である帝国が動けば、ホルファート王国に勝ち目などないぞ。帝国は長い歴史の中で、様々なロストアイテムを収集してきた。その軍事力は未知数だ」

言い切った神聖王は、背もたれに体を預けて胸を張る。

「どうだ？　どちらが賠償金を支払うか理解できたか？　わしの機嫌を損ねれば、負けるのはお前たちなのだよ」

クレアーレが俺に言う。

『こいつ、帝国の名前だけで勝つつもりよ。無様に負けたのを忘れて、ここまで不遜な態度を取れるって凄くない？』

すると、我慢できなかったのかアンジェが吹きだしてしまう。

「それは困りましたね」

笑いながらアンジェがそう言うと、神聖王も宰相も訝しんでいた。

破顔するユリウスが、アンジェに同調する。

「確かに、帝国が出てくれれば俺たちの敗北だったな」

そして、最後にミレーヌさんが口元を隠して――神聖王たちを冷笑していた。

「帝国が動けばどうなるかわからなかったわね。でも、それをこちらが考慮していないと思っているのは愚かなことでしてよ」

直後、一人の男性が会議室に入ってくる。

その斜め後ろにはフィンが控えており、態度は場所をわきまえてか騎士らしく男性の護衛として振る舞っている。

帽子を脱いで胸に当てる男性――カールさんが、神聖王を見て声をかける。

「随分と威勢がいいな。他国の名を出して交渉とは、相変わらず小狡い男だよ」

そんなカールさんを見て、神聖王が不快そうにしていた。

「このみすぼらしい男は誰だ？　高貴なわしの側に近付けないでもらおうか」

先程までクスクスと笑っていた俺たちだったが、全員が真顔になってしまった。

——こいつ本気か？　カールさんの話では、何度も顔を合わせた間柄だろうに。

カールさんも頬を引きつらせている。

斜め後ろに立っていたフィンが、カールさんに助言をする。

「陛下、神聖王でも理解できる見た目になられてはいかがでしょうか？　この者は、陛下の威光に気付かないようですから」

すると、カールさんが帽子をテーブルに置いて眼鏡を外した。

「——そうだな。この者には見た目を気にしてやるべきだった」

そう言って杖の石突きで床を叩くと、カールさんを一瞬だけ光が包み込む。

まるで魔法少女の変身シーンのように、初老の男が俺たちの目の前で衣装チェンジを行った。

——サービスシーンがなかったのは救いだろう。

現れたのは煌びやかな豪華な衣装——適度に宝石や金銀で装飾したのだろうが、もう一着いくらするのか問い質したいぐらい豪華だった。

赤いマントにも白いファーがついており、少し荒々しくも見える恰好だ。

「ここは余の顔を見忘れたか、と問うべきだったかな？」

転生者に通じる小ネタを挟みつつ、カールさん——皇帝陛下は自分のアゴを撫でる。

その姿を見て、初めて神聖王と宰相が目をむいていた。

神聖王の声が震えている。

「カール皇帝？　な、何故このような場所に？」

するとカールさんが眉根を寄せて神聖王を睨む。

「――外道騎士と呼ばれた男を、この目で見定めるためだ。その最中、お前の振る舞いも見させてもらった。我が帝国の名前を好き勝手に使っているようだな」

斜め後ろに立つフィンの目が「嘘つけ。ミアに会いに来たついでだろうが」と言っているように見える。

俺もそう思う。

宰相が震えながら、カールさんが偽者である可能性を神聖王に告げる。

「神聖王、この者が本物の皇帝陛下であるとは限りません」

「そ、そうか！」

だが、カールさんもそこは手抜かりがなかった。

二人を鼻で笑う。

「それでは、さっさと帝国に窮状(きゅうじょう)を訴える書状を出すといい。帝国が動くかどうか、試してみたらどうだ？　――もっとも」

カールさんが神聖王に近付くと、冷たい目で見下ろしていた。

「帝国の名で好き勝手に振る舞ったお前たちには、相応の報いを受けてもらうつもりだ。ついでに言うと、過去に帝国が贈った魔装も喪失したようだからな。両国の友好の証を粗雑に扱うとは、どういう意味か理解できているのだろう？」

神聖王と宰相が、先程の強気の態度が消え失せて震えていた。

本物か、それとも偽者か？

随分と悩んでいるように見えた。

カールさんが言う。

「――どうやら、来たようだぞ」

窓の外を見ると、そこには帝国の紋章が描かれた飛行船がリコルヌに近付いていた。

カールさんが手を回していたらしい。

神聖王と宰相が床にへたり込むと、フィンが俺の方を見てウィンクしてくる。

きっと「成功したな」と喜んでくれているのだろう。

俺も手を上げてそれとなくお礼の返事をすると、カールさんが俺の方を見る。

「少々――いや、かなり荒っぽいが、及第点をくれてやろう」

「ありがたきお言葉です」

立ち上がってお礼を述べると、俺とカールさんの顔を交互に見ていた神聖王がハッと気付いたようだ。

「ま、まさか、お前が裏で手を回していたのか！」

裏で手を回したという程でもないが、俺は神聖王に笑顔を向ける。

黒幕がニヤリと笑うような、そんな笑顔を意識しながら。

「勝つために最善を尽くすのは当然だろ？」

お前たちは自惚れて何もしていなかったよな、とは言葉にしないが伝わっただろう。

神聖王がワナワナと震えていた。

「こ、小童が、まるでローランドのようなーーん？」

ローランドの名前が出て俺がムッとすると、神聖王が俺の姿をしげしげと見てくる。

気分が良くないので睨み付けると、神聖王は納得したように深く頷いた。

「その悪質な手腕と、口の悪さーー貴様は、さてはローランドの隠し子だな！」

「ーーは？」

最初は何を言われたのか理解できなかった。

ローランドの隠し子？　俺が？　それはつまり、俺の父親があのローランドということになる。それだけは、絶対にあり得ない。

しかし、神聖王は勝手に納得して信じ込んでいた。

「どうもおかしいと思っていたのだ。手柄を立てたところで、公爵にまで出世するとはあまりにも不自然。それに、王家がお前を何度も総司令官に任命したのも、隠し子であれば納得できる。まさか、あの曲者ローランドの息子に敗れるとはーー」

勝手なことをほざく神聖王に、俺は憤慨して否定しようとしたのだがーー。

「ふ、ふざっーー」

「まさかーーリオンが俺の兄さんだったのか!?」

ーー横にいたユリウスが席を立って俺を真剣な表情で見ていた。

こいつも何を言い出すのか？

俺は我慢できずに、ユリウスを怒鳴りつける。

「何で疑わずに納得するんだよ？　そもそも、どうして兄さんと呼んだ？　お前は本当に馬鹿なの？」

ユリウスに近付き、その胸元に人差し指を突き立てる。

狼狽えたユリウスが、俺から一歩下がりながら言い訳をする。

「い、いや、だって、父上ならあり得そうな話だから」

「違うに決まってるだろ！」

「でもほら、お前が兄なら、王子だろ？　それはつまり、お前が次の王様でもいいわけだ。むしろ、これは嘘でもお前が俺の兄になればよくないか？」

「よくねーよ！　そもそも、王子のお前がしていい発言じゃないからな！」

「良い考えだと思ったんだが」

強く否定しておくが、どうにも部屋の様子がおかしかった。

カールさんとフィンが、互いに顔を見合わせて話し込んでいる。

「どう思う？　ローランドならあり得ると思うんだが？」

「リオンに罪はないが、あの王様だからな」

俺がローランドの隠し子というのを前提に話を進めているため、振り返ってアンジェの方を見る。

「アンジェも何か言って――ア、アンジェ？」

アンジェはアゴに手を当てて真剣に考え込んでいるようだ。

独り言を呟いている。

「可能性はある。それに、陛下の対応も考えると、嘘と決めつけるのも早計か？　まさか、リオンの立場を確かなものにするために？」

可能性がゼロではないと、とんでもない事を言い出した。

「目を覚ませ、アンジェ！　俺の父親は、田舎男爵のバルカスだ！　俺が隠し子とかあり得ないだろ。しかも、ローランドなんて絶対に嫌だ！」

あのローランドが俺の父親だと言われても、絶対に認めない。

ミレーヌさんに視線を向けると、両手で顔を隠して泣いているようだ。

「――まさか、リオン君があのろくでなしの子供だったなんて」

「ミレーヌ様ぁぁぁ!!　正気を取り戻して下さい。俺のお袋は、あんな男と浮気するような人じゃありませんから!!」

お袋の名誉のためにも、ここは完全に否定しておきたかった。

ルクシオンとクレアーレは、平常運転だ。

『遺伝子検査をすればいいでしょうに』

『でも、これを聞いたローランドがどんな顔をするか見物だわ』

役に立たない人工知能共め！

俺にかけられた疑惑を晴らすために、少しは働けよ。

俺が一人で騒いでいると、神聖王が言う。

「おのれローランド。どこにいても厄介な男だ。まさか、奴の隠し子が切り札だとは思わなかった」

神聖王の中で、どうやら俺はローランドの隠し子だと決めつけられたらしい。

俺は神聖王に近付き、無表情で拳を振り上げていた。

◇

数週間後。

ホルファート王国の王宮には、貴族たちが集まっていた。

ラーシェル神聖王国で起きた戦いの顚末(てんまつ)を聞くためだった。

謁見の間には、ヴィンス――レッドグレイブ公爵の姿もある。

この時点で、リオンがラーシェルの首都を強襲して神聖王の身柄を確保したのは貴族たちにも知れ渡っていた。

ただ、詳細は知らされていない。

ローランドは玉座に座り、貴族たちの様子を眺めている。

安堵している者もいれば、不安そうにしている者たちもいる。

不安そうにしている者たちは、きっと敵国と内通していた者たちだろう。

寝返る準備をしていたところに、リオンがラーシェルを降(くだ)してしまうとは想像もしていなかったらしい。

（あの糞ガキ、まさか皇帝を連れ出すとは思わなかった。今回ばかりは、奴に救われたから素直に褒めておくとするか）

まさか、カール皇帝を連れ出して、ラーシェルが期待する帝国参戦の芽を摘むとは思ってもいなかった。

ローランドは、珍しく素直にリオンを評価していた。

謁見の間に、ラーシェルで詳細を調べてきた官僚が入室してきた。

ローランドの前に膝を突くと、嬉しい知らせを届けられることに興奮して声が大きくなっている。

「お喜び下さい、陛下！　バルトファルト公爵が、ラーシェル神聖王国を降し、そして対ホルファート王国の軍事同盟を破棄させました。ミレーヌ様からも、帝国参戦の可能性はないとのことです」

それを聞いて貴族たちが感心して声を出す。

「おぉ、流石はバルトファルト公爵だ」

「今回の功績も大きいな」

「これ以上の出世はないから、褒美を与えられるのだろうな」

思い思いの台詞を呟く貴族たちだが、ヴィンスはやや面白くなさそうにしている。

縁を切った相手が活躍するのは、複雑な気分なのだろう。

ローランドが立ち上がると拍手をする。

「素晴らしい活躍をしてくれたバルトファルト公爵に、私からも感謝の言葉を贈ろうじゃないか。それはそうと、彼の積み上げてきた功績は王国でも比類ないものになった。これはもう、大公の位を与えるしかないのではないかな？」

かつて大公の位を与えられたのは、ファンオース公爵家――ホルファート王国と袂を分かつまでは、ファンオース大公家と名乗っていた時代がある。

それから長く大公家は出現しなかったが、リオンの功績に報いるためにローランドは大公の位を与えると言い出した。

（今回は素直に評価してやる。だが、それはそれ、これはこれ――お前の活躍に報いるためにも、しっかり出世させてやろうじゃないか）

内心でほくそ笑むローランドは、この話を聞いたリオンの顔を思い浮かべると嬉しくてたまらなかった。

きっとリオンは、心から嫌がってくれるだろう。

ローランドは、ある意味でリオンの一番の理解者だ。

すると、報告を終えた官僚が何やらローランドを見て狼狽えていた。

ローランドがそれを見抜く。

「どうした？　まだ何か報告が残っているのか？」

「い、いえ、これは陛下のお耳にお入れするような類いの情報ではありませんので」

官僚の反応から、もしかしたら誰かの醜聞に関わるものではないか？　とローランドは推測する。

可能性としては、リオンとミレーヌだろう、と。

（あの糞ガキ、まさかミレーヌに手を出したのか？　おいおい、これはからかい甲斐のある情報じゃないか。あいつはいつかやると思っていたが、最高のタイミングだ）

王妃と公爵が密通など、処刑ものの話である。

だが、ローランドには考えがあった。

（糞ガキが処刑されては私が困るから、ここは処刑しろと騒ぐ貴族たちを私がなだめて、大人の態度を見せつけてやろう。多少は私の評判も落ちるだろうが、あの糞ガキの弱みを握れるなら痛くもない）

妻を寝取られた男など、上流階級の貴族社会では笑いものにされてしまう。

これが男爵や子爵ならば、少し前までありふれた話だった。

しかし、ローランドは王だ。

ローランドの名前に傷が付けば、国の威信に傷が付いてしまう。

きっと貴族たちは、王妃と密通したリオンを処刑するように進言してくるはずだ。

ローランドはそのように頭の中で想像する。

（ふふっ、これであの糞ガキは、私に一生頭が上がらなくなるぞ。今は婚約者の娘たちと修羅場になっているだろうか？　戻ってくるのが楽しみすぎる）

そして、ミレーヌに手を出したことが噂として広まれば、きっとアンジェたちが黙っていないだろう。

リオンが痴情のもつれで修羅場に発展している場面を想像すると、ローランドの心はとても晴れやかだった。

（あ〜、もう今すぐにでも呼び出して、あいつの不幸を笑ってやりたい）

ローランドは官僚に告げる。

「私が気になるのだ。包み隠さず報告せよ」

王命では逆らえないと、官僚が視線をさまよわせながら言う。

「こ、これは、確証がある情報ではありません。あくまでも、現地で広がる噂にございます。そのことを考慮して下されば幸いでございます」

あまり言いたくないのか、前置きが長かった。

「いいから早くしろ」

（どうせ糞ガキとミレーヌの不倫の噂だろう？　別にやったかやってないかなんて、この際どうでもいいんだよ。大事なのは現地で噂が広がることだ）

官僚の口から、二人の不倫の話を今すぐ聞きたい。

そんなローランドに、官僚が思わぬことを言い出す。

「それでは、無礼を承知で申し上げます！　ラーシェル神聖王国にて、バルトファルト公爵が陛下の隠し子であるという噂が広まっております！」

ローランドはどうせ浮気の話だろうと思い込み、腕を組みながら頷いていたのだが。

「そう、私の隠し子――――え？」

顔を上げると、貴族たちが一瞬唖然として謁見の間が静寂に包まれる。

官僚がローランドに不安そうな顔を向けていた。

「か、確証のない噂話なのですが、ラーシェルではさも事実のように広がっております。実は、現地で交渉を行っている際に、そのことに触れた神聖王にバルトファルト公爵が激高して殴りかかったとか」

官僚の口振りは「図星を突かれて怒ったのではないか？」というものだ。

ラーシェルでは、リオンがローランドの隠し子であると思い込まれていた。

ローランドが冷や汗をかき、そして震え出す。

「ふ、ふふふ、ふざけるなっ！　あの男が私の隠し子？　冗談でも笑えない！　それを言い出した奴は誰だ？　神聖王か？　すぐに私の前に連れて来い。神聖王の首を斬り飛ばしてラーシェルの首都に飾ってやる！」

今まで色んな噂を流されてきたローランドだったが、ここまで激高したのは生まれて初めてだった。

そんな姿を貴族たちの前で晒したため、周囲ではヒソヒソと――。

「あの狼狽えぶりはまさか」

「バルトファルト公爵の年齢は、ユリウス殿下と同じだぞ」

「隠す理由にはなるか」

――当時、正室であるミレーヌの第一子が王太子として認められていた。

そんな時に、隠し子が現れれば王宮内は少なからず荒れただろう。

リオンを担ごうという者たちも出たはずだ。

つまり、ローランドが隠す理由が存在した――と思われていた。

ローランドが力なく首を横に振る。

「ち、違う。お前たち、よく考えろ？　あいつと私が似ていると思うのか？」

否定するローランドだったが、悲しいことにか細い声は誰にも届かなかった。

ヴィンスとバーナード大臣が、ヒソヒソと話をしている。

その顔は真剣そのものだ。

「バーナード大臣、隠し子の話は本当か？　まさか、知っていたのではないだろうな？」

「ま、まさか」

「いや、お前はバルトファルト公爵が男爵だった頃、出世させようと動いていた」

「あれは、もう少し宮廷での階位が上がれば、娘の相手として相応しいと考えていたからです。それ以上の他意はありません。そもそも、公爵だって同じではありませんか」

「う、うむ。確かにあの頃は後押しをしていたが」

二人が話している内容は、リオンが一年生の二学期に空賊退治をした頃の話だ。

バーナード大臣だが、娘のクラリスが失恋から立ち直るきっかけを与えたリオンを評価していた。

そのために、多少強引に出世をさせたのだが、そのことがヴィンスにはローランドの隠し子であるのを知っていたように見えたらしい。

ヴィンスがアゴに手を当てる。

「貴様でも知らなかったとなれば、隠し子ではないのか？」

違うのか？　そんな風に聞かれたバーナード大臣は、噴き出す汗を白いハンカチで拭きつつ答える。

「ない、とは言い切れないのです」

「何？」

「あの頃から陛下は女遊びを繰り返しており、絶対にないとは言い切れないのです。それに、何度か王宮を抜け出した際に辺境に足を運ばれていましたから」

ヴィンスが何とも言えない表情をローランドに向けてくる。

その顔は「どっちだ？」と言いたげだった。

周囲も「あり得る！」と騒ぎ出しており、収拾が付かなくなってくる。

ローランドは天に向かって叫んだ。

「あの糞ガキ、余計な噂を広めやがってぇぇぇ!!」

謁見の間に、ローランドの絶叫が響き渡る。

第12話「運命の二人」

ラーシェルの港。

そこには、帝国から来た飛行戦艦があった。

騎士たちが整列をして、皇帝陛下が来るのを待っている。

それなのに、当の本人は離れた場所で俺と雑談中だ。

「転生したのが五十年以上も前？」

「あぁ、そうだ」

お忍び用の冴えない初老姿のカールさんが、過去を懐かしむように語る。

「まさか、妹がプレイしていた乙女ゲーの世界に転生するとは夢にも思わなかった」

「あんたも妹絡みかよ」

「――わしはお前の話を聞いて、唖然としたけどな。何だ？　あの乙女ゲーの一作目を徹夜でプレイして階段から落ちただと？　本当に社会人だったのか？」

痛いところを突かれて言い返せなかった。

よく考えなくても、社会人として失格の行動である。

「あの時は、その――あれだ」

「あ〜、お前はアレだろ？　馬鹿ではないが、阿呆だろ？　こんな奴のために、帝国で何度も対策会議をしたかと思うと情けなくなってくる。わしの時間を返せ」

言いたい放題である。

「あんたこそ、妹と仲良くあの乙女ゲーをプレイしていたのか？　俺はそっちの方が信じられないね」

苦し紛れに言い返してやったが、カールさんは首を横に振った。

「妹がプレイしているのは知っていたし、タイトルも覚えていた。だが、詳しくは知らなかった」

「は？」

そこから、カールさんが前世の話をする。

「わしの妹がプレイしていたのは、あの乙女ゲーの三作目——えっと、あれだ。特別版？　とにかく、発売後にまた出たやつだ」

「追加要素を足したやつ的な？　それともリメイクか？」

「そう、それだ！　年を取ると忘れっぽくなるな」

カールさんが前世を懐かしむと、どこか嬉しそうにしながらも悲しい目をしていた。

色んな思いがあるのだろう。

「よく喧嘩もしていたが、ゲーム機を使えるのが居間だけと決められていたからな。あいつがゲームを終えるまで、待っている間に眺めていた」

家庭内のルールで、ゲームをする場所や時間を決められていたのだろうか？

カールさんがため息を吐く。

「だが、まさか転生したのが本編開始のずっと前とは思わないだろ？　最初は似ているだけの世界とも思ったんだがな」

カールさんが転生した先は、ヴォルデノワ神聖魔法帝国の皇族だった。

「皇族に転生して、嫌でも後継者争いに巻き込まれて命のやり取りもしてきた。気が付けば、あの乙女ゲーのことも忘れて、いつの間にかわしが皇帝になっていた。そして、反逆した弟を処刑した時──わしは、何のために転生したのか悩んだ」

何のために、この世界に転生しているのだろうか？

それは俺も疑問に思っていたが、人生の意味を問うくらいの難問だと思っている。

意味などないのかもしれない。

しかし、時々考えてしまうことがある。

──自分は本当にここにいていいのだろうか？　と。

同じ悩みを持つカールさんに、俺は親しみを感じていた。

だが。

「そして、お忍びで出かけた場所で出会ったのだ。運命の人に」

「ん？」

話が変な方向に向かっている気がしたのだが、どうやら間違いではなかった。

そこから始まるのは、カールさんの惚気(のろけ)話だ。

「偶然知り合った町娘と恋に落ちたわしは、年甲斐もなくはしゃいだ。政略結婚で愛のない女性と結ばれたが、本当の意味で結ばれたのは町娘の方だった」

「――おい」

止めようとするが、カールさんは俺を無視して話し続ける。

妙に慣れた語り方に、これは何度もしている話なのだと感じる。

もしや、こいつは毎回こんな話をしているのか？

フィンが俺についてこなかったのは、これが理由ではないだろうか？

「そして、愛し合った末に生まれたのがミアだ」

そこまで言うと、カールさんが項垂れる。

「わしはそこで初めて、自分があの乙女ゲーに関わる人物に転生したのだと気付かされた。何しろ、ミアはあの乙女ゲー三作目の主人公だからな」

カールさんは「皇帝の隠し子って設定は覚えていたが、まさかわしの子供として生まれてくるとは思わなかった」とどこか嬉しそうだ。

俺は同情心も消え去り、ただ無表情でカールさんの話を聞いていた。

「まぁ、そんなわけだ。あの子はわしが生涯でただ一人愛した女性の娘だ。だから、必ず治療して欲しい。――しなかったら、王国を滅ぼす。不埒なことをしても滅ぼす」

真顔で滅ぼすと言ってくるカールさんに、俺は鼻で笑ってやる。

「正室がいる立場で愛したのは一人だけとか」

「政略結婚だと言っているだろうが」

ここが前世の価値観と大きく違う点だろう。

結婚は互いのためというのが前世の価値観ならば、この世界の結婚とは家同士の繋がりを求めるものだ。

そこに個人の幸せは考慮されない。

カールさんの方が、こちらでの暮らしが長いため価値観が変化したようだ。

「――だから、滅ぼされたくなければ、ミアのことはよろしく頼むぞ」

「言い方ってものがあるだろうが。素直にお願いしろよ」

「これでも立場があるからな。あ、それから――」

カールさんが無表情になった。

「あの小僧がわしのミアに不埒なことをしたら、消していい。皇帝として許可を出す」

――いや、駄目でしょ。

カールさんはそれだけ言うと、俺に背中を向けて去って行く。

リコルヌの医務室。
様々な設備が揃った部屋には、人が入れる大きさのカプセルが二つ存在した。

蓋が開いており、中を見ると淡く緑色に光る半透明の液体で満たされている。

そんなカプセルを前にして、病衣姿の二人の少女がいた。

ミアとエリカだ。

クレアーレが二人に尋ねる。

『さて、これから二人にはカプセルの中で眠ってもらうわ。その間に、肉体の不調について調べさせてもらうから』

「お任せします」

エリカは頷き、全てをクレアーレに委ねるつもりのようだ。

『任せて。それより、知り合いとの別れは済ませたの？』

「別れと言っても数日ですからね。一応、挨拶は済ませましたよ」

『マリエちゃんにも？』

「――そうですね。ちゃんと挨拶してきました」

うつむき加減で微笑むエリカだったが、隣で緊張した様子のミアに視線を向ける。

「ミアちゃん？」

「は、はい！」

慌てて返事をするミアは、拳を胸に当てて顔を赤らめる。

その様子が気になり、エリカが緊張を和らげようとする。

「心配しなくても、数日後にはカプセルから出られるわ。そしたら、またみんなに会えるわよ」

ミアが首をかしげた。エリカが何を言っているのか、一瞬理解できなかったらしい。

だが、すぐに勘違いをされていると気付いたのだろう。

慌てて両手を振る。

「し、心配なんてしてません。病気が治るなら、絶対に受けた方がいいって騎士様も、おじさまも言っていましたし」

「それなら、どうして？」

今度はエリカが首をかしげると、ミアが恥ずかしそうに――そして、照れていた。

「さっき、騎士様に言われたんです。騎士様はミアのことが――」

「黒助、俺の選択は正しかったんだろうか？」

『相棒、まだ悩んでいるのか？　ミアに答えを出したばかりだろ？』

リコルヌの甲板。

手すりに体を預けるフィンは、自分の選択に悩んでいた。

答えは出した。

だが、それが正しいとも思えなかった。

かといって、間違っているとも思えない。

「俺はミアに人生を捧げてもいいと思っている。だが、これは違うような気もするんだ。それでも、あの子が喜んでくれるなら」

『相棒って、ミアに対してはちょっと愛情が重いよな』

ブレイブに呆れられるが、フィンはそんなことはないと言い返す。

「俺は普通だ」

『普通じゃないと思うぞ。あのリオンやマリエなんか、前世からの兄妹だろ？　それなのに、いつも喧嘩ばかりしているじゃないか』

ブレイブから見れば、リオンとマリエの関係の方が普通に見えるらしい。

だが、フィンはブレイブの額――目の上を指で軽く突く。

「わかってないな。あの二人、口で言うほど悪い関係じゃないぞ。むしろ、リオンは妹を溺愛しているだろうが」

『――相棒の勘違いじゃないか？』

半目のブレイブは、フィンを疑っているようだ。

「口に出さないだけだ。だが、俺としては、いつも喧嘩口調の二人はどうかと思うけどな」

リオンとマリエの関係に呆れつつも、笑うフィンだった。

◇

王国へと戻るリコルヌの船内。

談話室では、落ち着きのないマリエが部屋の中を歩き回っている。

ソファーに座るカーラとカイルが、そんなマリエに声をかける。

「マリエ様、結果が出るのは数日後ですよ。今からそんな調子だと、疲れてしまいますよ」

「ご主人様は落ち着いて下さいよ。クレアーレも、大丈夫って言っていたじゃないですか」

すると、マリエは二人に上半身を向けて指さす。

「あいつの言葉を真に受けるんじゃないわよ！　あいつが何をしたのか忘れたの？　アーロンをアーレちゃんにした元凶じゃない」

リオンに権限を与えられていたとは言え、暴走して攻略対象の男子に性転換手術を行うような人工知能だ。

マリエだって信じたいが、僅かに信じ切れなかった。

カーラが頬を引きつらせる。

「性別まで変えちゃうなんて凄いですよね。ロストアイテム――古代の人たちって、どれだけ進んだ文明を持っていたんでしょうか？」

ルクシオンやクレアーレを生み出した古代人――旧人類が、凄まじい科学技術を持っていたことにカーラは驚いている。

ずっと昔に、今よりも優れた文明があったのが信じられないのだろう。

カイルは頭の後ろで手を組む。

「僕には信じられませんね。だって、そんなに凄い人たちなら、どうして滅んだんです？　どう考えてもおかしいですよ」

カイルの疑問に、カーラが頷いて同意していた。

二人の会話を聞きながら、マリエも気になったことがある。

それは、リオンや自分に旧人類の特徴があることだ。

これがあるため、ルクシオンやクレアーレがリオンに従っている。

（――魔法が使える人類は新人類なのよね？　それなのに、どうして私と兄貴には旧人類の特徴があるのかな？　兄貴は転生者だからって言っていたけど、本当かしら？）

転生したから旧人類の特徴を持っている。

そんなリオンの仮説に、マリエは疑問を持っていた。

（まぁ、私が考えたところで答えは出ないし、出たところで、って話よね。それよりも、今はエリカが無事に目を覚ましてくれるのを祈るばかりね）

生まれ変わった前世の娘が、原因不明の病気を持っていれば心配もする。

治ったとは聞いたが、時折苦しそうにしている姿を見ると心が苦しくなった。

早く原因を取り除いて、また元気な姿を見せて欲しい。

マリエの中の母性が、エリカの身を案じさせる。

◇

アインホルンの食堂。

昼食を終えて、皿が片付けられたが――俺は頭を抱えていた。

「ふざけやがって――噂を否定して回ったのに、何故か真実味が増しているじゃないか。俺が否定する度に、みんな真実だと言うし」

ラーシェルに滞在していた期間は、俺にもそれなりの仕事があった。

ラーシェルの軍隊を見張り、威圧する役割だ。

ホルファート王国から軍が派遣されるまでの間、俺が滞在していた。

その間に噂を否定しようとしたのだが、逆効果になっていた。

ルクシオンが俺の行動を咎めてくる。

『私は無理に否定するのは逆効果である、と進言しました。聞き入れなかったマスターに責任がありますよ』

「俺がローランドの隠し子とか、一秒でも早く消し去りたい噂だろうが！」

食堂で騒いでいると、リビアが小さくため息を吐いた。

ルクシオンの特別製のプリンをデザートとして食べていた。

「身近な人たちも噂を信じていますからね」

リビアの言葉に、同じくプリンを食べていたノエルがスプーンを口に咥えながら別のテーブルに視線を向ける。

「あいつら楽しんでいるわよね」

そこにいたのは、五馬鹿たちだ。

五人で集まって、今回の反省会をしていた。

ただし、反省会を昼間にやっているから、酒は出されずプリンを食べている。

クリスがプリンを食べながら。

「今回も仮面の騎士が現れたな。本当に、どこにでも顔を出してくる奴だ」

忌々しそうにしていると、アゴに手を当てたジルクがなだめる。

「まぁ、戦力的な意味では助かりましたけどね。変な仮面を着けてはいますが、彼の腕はこれまでの戦いで証明されていますよ」

ジルクが褒めると、プリンを食べていたユリウスが嬉しそうにしている。

——お前ら、本当に気付いていないのか？

「一度くらいは、そいつと会ってみたいものだな」

ユリウスが会いたがっていると知ると、グレッグが食べ終わったプリンの小さな壺をテーブルにやや乱暴に置いた。

「俺は絶対に認めないぜ。確かに強いが、毎回したり顔で現れやがる。何かやましいことがある証拠だろうが」

顔を隠しているのに、したり顔をしているとわかるのか？

こいつらの会話を聞いていると、頭が痛くなってくる。

そして、ため息を吐くブラッドが言う。

そばにはローズとマリーの姿があり、それぞれブラッドから餌をもらっていた。

「それより聞いてくれよ。何故か、僕がラーシェルで崇められているんだ。天から舞い降りた紫の騎士様ってね。サインを求められて大変だった。——はぁ、勘弁して欲しいよ」

額に手を当てて天を仰いでいるが、ブラッドの表情は誰から見ても嬉しそうだった。

困っているように振る舞ってはいるが、自慢したくて仕方がないのだろう。

他の四人の目が冷たい。

きっと、同じように頑張ったのにブラッドだけ評価されたのが気に入らないのだろう。

ジルクが俺の方を一瞥してから、新しい話題を出す。

「ところで、ラーシェルではとんでもない噂が流れていますね。何でも、リオン君が陛下の隠し子であるとか」

ユリウスがピタリと動きを止めると、クリスがその様子を見ながら話す。

「リオンが出世し続けるのも、陛下の寵愛(ちょうあい)あればこそという噂だったか？　嘘だろうが、否定しきれないのも事実だな」

ブラッドがローズとマリーを撫でながら、難しい表情をしている。

「陛下は、沢山の女性に愛を振りまいていたからね」

言い方を変えようとも、ローランドがしてきたのは女遊びである。

あいつのせいで、俺の隠し子説が濃厚になっているのが許せない。

面会したら一発ぶん殴ってやりたい。

グレッグの奴は、俺をチラチラと見てくる。

「ないとは思うぞ。ないとは思うんだが――リオンが陛下の隠し子だったら、今後はどうなると思う？」

グレッグの問い掛けに答えるのは、沈黙していたユリウスだった。

「王太子の最有力候補だろうな。母上も王宮も、全力で兄さん――いや、リオンを後押しして王位に据えるだろう。これだけで、王国は数十年の平和を維持できる」

この野郎――俺を時々兄さんなどと呼びやがるから、周囲がいらぬ誤解をしてしまうだろうが。

こいつもぶん殴ってやろうかと思っていると、プリンを食べ終えたアンジェが悪戯っ子のような顔で俺を見ている。

「私としては義母上の不貞を疑いたくはないが、リオンが陛下の隠し子というのは笑わせてもらったよ」

「アンジェ！」

もう止めてくれと訴えようとすると、アンジェが口元に拳を当てて微笑する。

「そうやってムキになるから、周囲がからかうのさ。――殿下も面白がっていないで、真実を話して下さい」

アンジェがユリウスに向かって声を少し大きくして言う。

四人が一斉にユリウスの顔を見ると、本人は楽しそうにしていた。

「――まぁ、冗談だ」

ジルクはユリウスに文句を言いたそうにするが、我慢して言葉を選んでいる。

「せめて笑える冗談にして下さい。殿下がそのような態度だったので、我々も信じてしまいましたよ」

信じたのかよ！　お前らの頭は飾りか!?

クリスが深いため息を吐く。

「王宮に戻ったら冗談でも言わないでくださいね。また、蜂の巣を突いたような騒ぎになりますよ」

グレッグが頭の後ろで手を組み、椅子の背もたれに体を預けていた。

「何だよ、ただの冗談かよ」

しかし、ブラッドは何が面白いのか楽しそうにしている。

「いや、冗談で終わらないかもしれないよ。この嘘を真実にしたい人たちはいるだろうからね。今の内に、リオンに媚びを売れば僕たちの出世は間違いない」

それを聞いたグレッグが、ブラッドに問う。

「何だ、出世したかったのか？」

「冗談だろ？　僕は今の生活と、マリエがいてくれれば十分さ」

「だよな！」

笑い合う五人の姿を見ている俺の気持ちを察して欲しい。

こいつらの言葉を要約すると「俺に養われながらマリエとイチャイチャしたい」だ。

俺が苦虫をかみ潰したような顔をしていると、ノエルが五人を見る目は冷たかった。

「マリエちゃんが可哀想。生活力と出世意欲のない男五人を養うんだからさ。でも、そのマリエちゃんを養っているのがリオンなのよね」

かろうじてユリウスは及第点かもしれないが、他の四人が大きなマイナスだ。

リビアは複雑そうな表情をしていた。

アンジェの方を気にかけている。

「マリエさんは、自業自得とも言えますけどね」

アンジェがリビアの意見を聞いて微笑すると、俺に視線を向けてくる。

「人気者じゃないか、リオン」

挑発的なアンジェの視線に応えて、俺はひょうひょうと振る舞う。

ルクシオンのような遠慮のない態度が、俺には心の距離が近付いた気がして嬉しかった。

「お、嫌みかな？　アンジェも言うようになったね」

アンジェもやや嬉しそうに呟く。

「ただの意地悪さ」

俺たちのそんな会話を聞いていたリビアが、少し拗ねたのかジト目で見てくる。

「リオンさんもアンジェも、何だか狡いです」

何をもって狡いのかは、リビアは言葉にしない。

アンジェがリビアをからかい始める。

「拗ねたリビアも可愛いが、私はいつもの方が好みだな」

手を伸ばしたアンジェが、リビアのアゴをクイッと持ち上げる。

それだけで、リビアが顔を赤らめていた。

「またそうやって誤魔化す。アンジェはリオンさんに似てきましたね」

リビアには、俺は何でも誤魔化すと思われているのだろうか？

心外――とは言えないな。

隠し事が多いのは事実だ。

ノエルが席を立つと、俺の左腕に抱きついてきた。

「アンジェリカだけ特別扱いとか酷いよね？　だから、今度はあたしに付き合ってよ。王都に戻ったらデートしよう」

ノエルの素直な要望に、俺はややたじろぐも受け入れることに。

「――仕事が終わってからになるぞ」

「いいよ。それにさ、せっかくの夏期休暇なんだからもっと楽しまないとね。フレーザー領とか、ラーシェルも見て回ったけど、観光って気分じゃなかったし」

ノエルの言葉で、俺たちは大事なことを思い出した。

アンジェがどこか遠い目をしながら言う。

「夏期休暇と同時にフレーザー領に向かったからな。観光地も巡ったが、ほとんどは戦争絡みに時間が奪われた」

リビアが俯いて悲しそうにしている。

「学園で最後の夏期休暇なのに、何だか寂しいですよね」

俺はずっと黙っていたルクシオンに視線を向ける。

「残りの日数は？」

『十二日となっております』

――ラーシェルが余計なことをしたくれたおかげで、俺たちは夏期休暇のほとんどを失ってしまった。

神聖王は、もっと殴っておくべきだったか？

俺は今後の予定を考えながら、どれだけ遊べるかを試算する。

「戻ったら謁見やら、打ち合わせだろ？　それに出来れば実家に顔も出しておきたいし、せっかくだから遊びたい」

『移動に使用される日数を差し引き、仕事の予定を考慮しますと――マスターが自由に使える休日は三日となります』

「たったそれだけかよ！」

俺が叫ぶと、ルクシオンが更に追撃をかけてくる。

『それから、マスターには特別に学園から課題が出されていましたよね？　そちらの消化率は一割にも満たないので、今日から毎日八時間は課題の処理に費やす必要があります。あ、休日は全て課題を行うという前提があっての話になりますね』

一年生の頃から、戦争などで授業が遅れに遅れていた。

それを補うために、学園からいわゆる夏休みの宿題が出されていた。

アンジェが俺を見る目が、少し怒っている。

「おい、課題を終わらせていないとは本当か？」

俺が課題に時間を取られるということは、アンジェたちと遊ぶ時間が減ることを意味している。

ノエルも先程まではしゃいでいたのに、俺の腕から離れてドン引きしている。

「何それ最低。遊べないじゃん」

俺は逆に問いたかった。

「え!? まさか、あんなに忙しかったのに、みんな課題を終わらせたの!?」

てっきり、忙しいのでみんな課題をスルーしていると思っていた。

アンジェは当然というように頷いていた。

「当たり前だ。予定通り進めている」

ノエルの方は、若干遅れているのが恥ずかしいのか、指先で頬をかいている。

「あたしはちょっと遅れているけど、十分に間に合う感じだよ。でも、半分も終わらせていないとか、リオンはどうなのよ？」

俺が恐る恐るリビアの方を見ると、ニコニコと微笑みながら俺に止めを刺してくる。

「私は夏期休暇の最初の方で、全て終わらせましたから」

俺がガクリと肩を落とすと、リビアが俺を慰めてくる。

「私たちも手伝いますから、一緒に終わらせましょうね、リオンさん」

「――はい」

こんなに頑張ったのに、夏休みの宿題までしないといけないのだろうか？　俺、公爵って立場で偉いんだよね？　ちょっとくらい、優しくしてくれてもいいのに。

そんなことを言えば、アンジェが怒るので黙っているけどさ。

第13話「目覚め」

王都に戻ってきた俺は、クレアーレからエリカとミアちゃんの診断結果を聞いていた。

場所は学園の学生寮の自室。

側にいるのは、クレアーレとルクシオンのみだ。

『結論から言うと、解析中で詳しいことはわかっていないの』

「――お前、あれだけ自信満々だったのに、何もわからなかったとかさ」

クレアーレにガッカリしていると、本人がムキになって続きを話す。

『終わりまで聞いてから判断してよ！　とりあえず、ミアちゃんの方は魔素を取り込めば安定するって判明しているの。定期的に魔素の補給を行っていれば、急に苦しむことは少ないはずよ』

「何て言うか、思ったほどの結果じゃないな。そもそも、魔素を与えるのはフィンたちもやっていたし」

『効果的な方法が判明したのに、その反応は酷いわね。でも、解析は続けているからそのうちに、治療方法も判明するわ』

「それも怪しいな」

『まぁ、酷い！　でも、調査の結果、判明したこともあるのよ。例の覚醒イベントだけど、やってみる価値はあるわ』

「本当か？　覚醒した後に病気が悪化しないだろうな？」

『――マスター、酷くない？　もっと私を信じて欲しいわね』

期待していたほどの結果が得られず、残念に思っているとクレアーレが興奮したようにエリカの結果を伝えてくる。

『それよりも凄い情報を得たのよ！　あのね、あのね！　何と、エリカちゃんは、マスターやマリエちゃん以上に旧人類の特徴が出ていたの』

俺はこの話を聞いても、大して反応できなかった。

あ、そう――みたいに思っていたのだが、ルクシオンの方は違う。

『――それは本当ですか？　データを確認したいので、後で送って下さい』

『うん、送信したわ。それでね、マスターやマリエちゃんを中心に交配を続ければ、旧人類が復活する可能性が出てきたのよ』

『それは凄い！』

興奮している人工知能たちを尻目に、俺は呆れていた。

エリカやマリエと交配だと？　そんなの、俺のなけなしの倫理観が全力で拒否を主張している。

前世の姪や、妹なんかに手を出すとか人間としてどうなんだ？

「却下だ。エリカは前世の姪で、マリエなんか前世の妹だぞ。絶対に嫌だね」

強く拒否を伝えると、クレアーレが俺を説得しようとしてくる。

『遺伝子上は赤の他人じゃない。なら、マスターの遺伝子を頂戴。こっちでやっておくから』

「駄目に決まっているだろ！」

勝手に俺の遺伝子で子供を作るとか言い出すクレアーレに、やっぱり人工知能の倫理観はおかしいと思った。

ルクシオンが俺を責める。

『フィンとミアが付き合うようになった際、マスターは祝福しましたよね？』

「したね。あいつもさっさと覚悟を決めれば良かったんだよ」

『マスターがどの口で覚悟などと言うのですか？　それはともかく、フィンは前世の妹の面影があるミアを受け入れました。これを祝福しながら、自分は前世の姪と妹を受け入れないというのは筋が通りません』

――こいつら何なの？　俺とマリエたちを、是が非でも結ばせたいの？

人工知能って怖い。

「絶対に嫌だね。この話はこれで終わり！」

強制的に話を中断すると、クレアーレが青いレンズを怪しく光らせていた。

『――まぁ、いいわ。マスターの子供たちを追跡調査して、旧人類の特徴が強くなれば問題ないし』

ルクシオンもクレアーレに同意して、協力を申し出ている。

『クレアーレ、その追跡調査に必要な物があればいつでも言ってください。可能な限り用意しますよ』

「お前ら俺の子供に変なことをするつもりか？　そもそも、まだ存在もしていないのに？」

俺の子供がこの世に存在する前から、あれこれ準備をし始めるルクシオンたちが、何だか妙に滑稽に見えてくる。

◇

『旧人類復活は、全てにおいて優先するわ。私、頑張っちゃう！』

リオンとルクシオンが部屋を去った後。

クレアーレが研究を続けようとすると、部屋を訪ねてくる人物がいた。

——エリカだ。

「クレアーレさん」

『エリカちゃん！　もう、来るなら言ってよ。ルクシオンを迎えに出させたのに』

旧人類の特徴を多く持つエリカに、クレアーレは随分とフレンドリーに接している。

これまで以上に尽くしてくる姿に、エリカは困ったように微笑んだ。

「少し話を聞かせて欲しいんです」

『何？　何でも教えちゃう』

「実は、ミアちゃんの覚醒イベントなんですけど——本当に必要ですか？」

真剣な表情でクレアーレに問い掛ける。

エリカが何を考えて、この質問をしたのか察せないクレアーレは正直に答える。

『肉体的なスペックの上昇は必要と判断したわ』

どうして必要なのか、医学的な知識を披露はしなかった。

クレアーレの答えを聞いて、エリカは頷く。

「やっぱり、必要なのね」

『現状では改善しか出来ないから、完治を目指すなら必要になるわね。マスターは文句を言っていたけど、覚醒イベントが大丈夫って判明しただけでも凄くない？　私、頑張ったのに』

「ありがとう、クレアーレさん。おかげで、私も決心がついたわ」

『そう？　ちなみに、なんの決心？』

エリカは唇に人差し指を当てる。

「それは秘密」

『え～教えてよ。エリカちゃんのためなら、何でもするから～』

◇

バルトファルト男爵領にある湖。

フレーザー領の観光地を見た後では見劣りするが、それでも静かで綺麗な場所だ。

緑に囲まれた湖には、リコルヌが浮かんでいる。

夏になると毎年家族で湖を訪れていたのだが、今年はアンジェたちも一緒だ。

他に参加しているのは、ドロテアお義姉さんと――学園で暇そうにしていたので連れて来たフィンたちだ。

ワンピースタイプの水着を着用したミアちゃんが、浮き輪を持って甲板を駆けて湖に飛び込んだ。

「ミア、危ないから飛び込むんじゃない！」

トランクスの水着にパーカーを着用したフィンが、手すりに掴まり湖に浮かんでいるミアちゃんを叱っている。

だが、浮き輪に乗っているミアちゃんは、気持ちよさそうにしていた。

「騎士様も早く入りましょうよ」

「――まったく」

楽しそうなミアちゃんの姿を見て、フィンは怒る気が失せたらしい。

ブレイブがフィンに話しかける。

『ここ数日調子が良いな』

「あぁ、本当に良かった」

元気よく遊び回る姿を見て、どこか嬉しそうにしていた。

――きっと前世の妹が、外で元気よく遊んでいる姿を思い浮かべているのだろう。

フィンにとって、心残りが解消されることを祈る。

それはそうと、ビキニを着用したリビアが、パーカーで体を隠している。パーカーを下に引っ張り、下半身を隠そうとしていた。

「リオンさん、これって本当に水着なんですよね？　生地の部分が少なすぎて不安になってくるんですけど？」

俺は親指を立てて頷く。

「ルクシオンが用意した水着だから間違いない」

「間違っていると思います」

呼ばれたルクシオンが、リビアに告げ口する。

『ビキニを指定したのはマスターですよ』

「おい、言わないって約束だろ！」

『私は了承した覚えがありません』

婚約者三人にビキニの水着を用意させたのが、俺であると判明して周囲が呆れかえっている。

家族——お袋は普段着だが、フィンリーはワンピースタイプの水着を着用していた。

お袋は頬に手を当てて、アンジェたちの水着に困惑している。

「今の子は凄いのね。私では考えられないわ」

妹のフィンリーにも、ビキニは不評だった。

「ほとんど下着じゃない。お兄ちゃん、趣味が悪すぎ」

「将来的に流行るからいいんだよ」

前世と同じように一般的になるはず、と希望を持っている。

恥ずかしそうにしているリビアの隣では、ビキニを着用したアンジェが堂々としている。

腰に手を当てて、リビアに服を脱ぐように促す。

「上着を脱げ。堂々とした方が恥ずかしくないぞ」

「私はアンジェと違ってお腹周りが――」

悲しそうにするリビアに、アンジェが額に手を当てる。

「だから運動量を増やそうと前から言っただろう。しかし、そういう恥ずかしがっているリビアも悪くないな」

二人がイチャイチャしている姿を見ているノエルは、パーカーを着用して前を開いていた。

「飛行船の上でバーベキューとか、いかにもお金持ちって感じよね」

アルゼル共和国では、このような習慣はなかったらしい。

そのため、ノエルにはお金持ちの遊びに見えるようだ。

短パン姿の親父が、苦笑いをしながらノエルにそんなことはないと伝える。

「普段は湖の近くでやるんだけどな。わざわざ、大きな飛行船を出したのはリオンだよ」

バーベキューセットの用意をして、炭に火を付けている。

それを手伝う兄貴のニックスは、ハーフパンツにシャツという恰好だ。

俺に文句を言ってくる。

「リオンも手伝えよ」

「俺は船を出す人、兄貴は料理を焼く人――それでいいだろ？」

「いいわけないだろ。肉を食いたかったら手伝うんだよ」

「へ〜い」

ニックスに言われるまま手伝いに向かうと、弟のコリンが飲み物を持ってパラソルの下にいるドロテアお義姉さんに近付く。

「姉ちゃん、はい！」

「あら、ありがとう」

ドロテアお義姉さんだが、水着ではない普段着のワンピース姿だ。

遊ぼうともしないいし、バーベキューを手伝おうともしない。

それはいいのだが、家族が妙にドロテアお義姉さんに気を遣っていた。

お袋が声をかけている。

「ドロテアちゃん、大丈夫？　きつかったら、リオンに言って船内の部屋を用意させるからね」

「ありがとうございます、お義母様」

——まぁ、伯爵家のお嬢様だし、男爵家である俺の家族が気を遣うのは当然だろう。

しかし、以前のドロテアお義姉さんは、もっと色々と手伝う人だった。

人が変わったのか、それとも本性が出たのか？

疑問に思いつつも手伝いを始めると、ノエルが俺に近付いてくる。

ドロテアお義姉さんを見ながら、俺に意味ありげな笑みを向けてくる。

「あ〜、これはあれだね」

「あれ？」

「——気付かないの？」

俺が首をかしげると、ノエルは少し驚いた後に首を振って俺の鈍感さを責めてくる。

「リオンは本当に鈍いよね」

「いや、知っているなら教えてくれよ」

「う～ん、みんな黙っているみたいだし、あたしが言うのもちょっとね」

ノエルが何に気付いたのか、俺に教えてくれない。

教えてもらうまで問い質そうと思っていると、コリンがノエルに走り寄って——。

「ノエル姉ちゃん、一緒に泳ごう！」

「いいわよ。じゃあね、リオン」

——ノエルがコリンの手を引いて、もう片方の手を俺に振る。

俺はルクシオンの方を見る。

「なぁ、みんな何を隠しているんだ？」

ルクシオンは赤いレンズをドロテアお義姉さんに向けると、しばらく観察していた。

しかし、俺に何も教えてくれない。

『プライバシーに関わる問題ですので、教えられません』

「みんなして酷くない？」

◇

ホルファート王国の王宮。

夏期休暇のため王宮に戻ってきたエリカは、エリヤを招いてお茶を楽しんでいた。

エリヤは心から喜んでいる。

「エリカの病気が治りそうで本当に良かったよ」

「――そうね」

エリカは視線を少し下げて微笑しているが、僅かに悲しそうに見えたのだろう。

気付いたエリヤが心配してくる。

「どうかしたの？　何か心配事があるなら相談に乗るよ。大丈夫！　僕も少しくらい役に立てるから」

胸を張るエリヤを見たエリカは、子供が背伸びをしているように感じた。

それが自分のためと思えば、嬉しくもある。

成長したエリヤの姿を見られて、エリカは満足する。

「ありがとう。でも大丈夫よ。不安はもうないわ」

「そう？」

エリカの言葉を疑っているようだが、それ以上の追求をエリヤはしてこなかった。

エリカは心の中でエリヤに――そして自分に関わる人たちに謝罪をする。

(ごめんね、エリヤ。それに、伯父さんと――母さん)

部屋の窓に視線を向けたエリカは、そこから外の景色を見る。

夏期休暇も残り数日となった。

王都に戻ってきた俺たちは、五馬鹿を呼びつけダンジョンに挑む準備をしていた。

残り僅かな休日をマリエと一緒に過ごしたかったのか、ユリウスたちは不機嫌だ。

「何も急いでダンジョンに挑む必要はないだろ」

不機嫌集団を代表するユリウスに、俺は肩をすくめて教えてやる。

「俺の都合だ」

「俺たちはマリエと学園最後の夏期休暇を楽しみたかったのに」

顔を背けるユリウスたちを見たフィンが、俺に話しかけてくる。

「本当に連れて行くのか？　俺たちだけでも足りるだろ？」

「働かせようと思ってさ。まぁ、嫌がらせ的な？　俺だけ苦労するとか嫌だろ」

「お前は最低な上司だよ」

フィンがため息を吐くが、俺としては嫌がらせ以外にも理由が一つある。

――マリエだ。

マリエの奴が「朝から晩まであの五人の面倒を見るとかマジきつい！」と言ってきたので、しばらく五人を預かることにした。

今頃、マリエはカーラを連れて王都で息抜きをしている頃だろう。

これを言うとフィンに「シスコン」とか、あらぬ疑いをかけられるために言えなかった。

リュックを背負ったミアちゃんが、俺たちに近付いてくる。

「公爵様、準備が整いました！」

元気のいいミアちゃんを見ていると、心が癒やされるようだった。

俺は五馬鹿に振り返り、ミアちゃんを見習うように言う。

「見たか、馬鹿共。こんな女の子もやる気を見せるのに、お前らは文句ばかり言って。少しはミアちゃんを見習えよ」

ジルクがジト目で俺を見ている。

「流石はリオン君ですね。女の子を理由にするとは、本当に汚いですよ。それを言われると、やる気を出さないわけにはいきません」

年下の女の子がやる気を見せているため、恰好悪いところは見せたくないと五馬鹿も奮起していた。

――馬鹿って扱いやすくていいよね。

「それじゃあ、出発するか」

「はい！」

俺が出発を告げると、ミアちゃんが元気よく返事をした。

◇

王都のダンジョンは、地下へと続く鉱山のような場所だ。

かつては洞窟だったらしいが、魔石の採掘をするため至る所が補強されている。

魔石を運び出すために手押し車も用意されており、レールが敷かれている場所もある。

授業で何度も通った通路だから、珍しくもない。

だが、ミアちゃんにとっては新鮮だったらしい。

「何度か来た事がありますけど、不思議な場所ですよね。魔石が沢山ありますよ」

床、壁、天井、と魔石が露出して見えていた。

淡く発光しているため、洞窟内であっても明るかった。

ミアちゃんが疑問を持つと、ユリウスが親切心から丁寧に説明してやる。

「ここは魔石が採掘できるダンジョンだからな。どういう理屈か不明だが、採掘した後も魔石が出てくる。入り口近くは頻繁に採掘されるから、どれも小さい魔石ばかりだけどな」

「へ～」

奥に進むほど、大きくて純度の高い魔石が手に入る。

そのため、数年前まで男子たちはとにかく奥へ、奥へと進んだものだ。

奥に進むほど稼げるため、女子へのプレゼント代を稼ぐ時間が短縮できた。

——血と汗にまみれた悲しい青春時代である。

そして、ある程度進んだところでミアちゃんが立ち止まった。

俺たちが気付いて足を止め、振り返る。

フィンが心配して声をかけると、ミアちゃんは何もない壁を見つめていた。

「ミア？　先に進まないのか？」

「——呼んでる」

ミアちゃんの赤い瞳が、僅かに光っているように見えた。

ルクシオンが周囲の解析を行うと、異変に気付いたらしい。

『内部に空間を確認しました。ですが、不自然です。マスターと同行して何度も調査を行いましたが、この場所に隠された空間はなかったはずです』

「急に空間が出来たのか？」

ルクシオンのミスを疑ったが、何やら様子がおかしい。

グレッグが屈んで地面に手を触れると、僅かな変化に気付いた。

「ちょっと揺れてないか？」

その揺れは次第に大きくなり、不安になったブラッドが撤退を進言してくる。

「これはまずいぞ。一旦外に出よう」

俺たちが撤退しようとすると、ミアちゃんが何かに導かれるように壁に手を伸ばした。

指先が触れると、壁が裂けて広がり穴となる。

――これが正しいイベントなのだろうか？　問うような視線をフィンに向けるが、本人も困惑して口元を押さえている。

フィンが俺に小声で言う。

「俺も詳しくは知らない。妹の話を聞いていただけだからな」

「そうなると、進むしかないか」

俺が進もうとすると、ルクシオンが止めてくる。

『危険です。現在も空間が拡張されています』

「行くしかないだろ。――ミアちゃんの覚醒イベントだ」

俺が先に進むと決めると、五馬鹿も渋々と後ろをついてくる。

ミアちゃんはフラフラと先に進もうとするので、フィンが体を支えていた。

「ミア、おい、ミア！」

「――騎士様、呼ばれています。ミアは――呼ばれているんです」

うわごとのように呟くミアちゃんを、クリスが心配していた。

「リオン、本当に良いのか？　この状態で進むのは危険だぞ」

「――進む」

クリスは、俺の決定にそれ以上何も言わなかった。

そのまま俺たちが先を進むと、モンスターとは一匹たりとも遭遇しなかった。

通路は一本道のため迷うこともない。

ただ、暗いためルクシオンが懐中電灯代わりに前を照らしている。

そうしてどれだけ進んだだろうか？

たどり着いた場所には、巨大な魔石が存在していた。

高純度の魔石は巨大な結晶なのだが、加工されているため石碑――モノリスになっている。

ミアちゃんがその魔石に近付くと、赤い瞳が更に輝く。

髪の毛が揺らめいていた。

「ミア！」

フィンが呼びかけても反応を示さない。

ブレイブが何やら慌てている。

『これは――どうして――』

一つ目を大きく見開いたブレイブの視線の先には、モノリスがあった。

何もなかった表面に、いつの間にか文字が浮かんでいる。

俺はルクシオンに解析を頼む。

「何て書いてある？」

ルクシオンが文字を解析して読み上げていく。

『――長き時を耐え、よくぞこの場にたどり着いた。我らの希望はここにある。集え、我らの希望の守り手たちよ』

読み終えたルクシオンに、俺は意味を問う。

「どういう意味だ？」

『不明です』

すると、モノリスが強く発光して溶けていく。

まるで役目を終えたと言わんばかりだ。

腕で目を隠し、隙間から周囲の光景を見た。

フィンがミアちゃんに抱きつき、守ろうとしている。

五馬鹿はそれぞれが何かを叫んでいたが、よく聞き取れない。

すると、ルクシオンが普段よりも強い口調で俺に言う。

『魔素の濃度が急上昇しています。このままでは、ダンジョンの外にまで影響が出ます』

◇

同時刻。

王宮は騒がしくなっていた。

理由は、王都が管理しているダンジョンから赤い光の柱が出現したためだ。

地中から空に向かって伸びる光の柱は、数分間もそのまま輝き続けていた。

その光を王宮の自室から見ていたエリカは、段々と呼吸が苦しくなってくる。

「やっぱり、こうなるのね」

胸元を手で押さえて、膝を床に突いた。

「――ごめんね、みんな。やっぱり、言えないよ」

エリカはリオンやマリエに、黙っていることがあった。

それは、あの乙女ゲー三作目をやり込んだエリカだけが知る秘密である。

その秘密を知ってしまえば、リオンとマリエが無茶をすると思った。

だから、言えなかった。

壁を背にして呼吸を整えようとするが、苦しくて仕方がない。

エリカは自分の役柄を思い出す。

「悪役王女エリカは、ずる賢く猫をかぶるのが上手な病弱な女の子――悪役にはなれなかったけど、ずる賢く猫をかぶるのは上手にやれたかな？」

苦しそうにしながら微笑む。

エリカは、こうなることを大体予想していた。

それは、ゲームをやり込んだからこその知識だ。

カールやフィンのように、妹がプレイしているのを見ていただけではない。

マリエのように、中途半端にプレイしたわけでもない。

エリカは前世を思い出す。

「何度もプレイしたなぁ――母さんが忙しくて、遊んでもらえないから――夜はずっと一人だったから、寂しくてずっと遊んでた」

前世のマリエは、夜に働いていた。

だから、エリカは夜にずっと一人で過ごしていた。

寂しいが、マリエに無茶も言えなくて、ずっと我慢していたエリカの心の支えはあの乙女ゲーだった。

マリエが好きだったゲームをプレイしていると、一緒に遊んでいる気になれた。

ゲームをしている時だけは、寂しくなかった。

だから何度も、何度もプレイした。

——そして、気付いたことがあった。

マリエは悪役王女であるエリカの病弱設定が、嘘であると言っていたが間違いだ。

本当に病弱であったのだ。

「悪役王女が病気を悪化させるのは、いつも主人公が覚醒したイベントの後——」

ゲームでは、本当に苦しむ王女の姿が見られる。

それはこれまで悪事を働いてきた王女への報い——プレイヤーが溜飲を下げるためのイベントだったのかもしれない。

周囲から認められていく三作目の主人公とは対照的に、エリカの立場は悪くなっていく。

最後には誰にも信じてもらえず、苦しみもがく姿が見られた。

「——やっぱり、覚醒イベントは止めてって言うべきだったかな？　でも、それだとミアちゃんが完治しないかもだし——私は、もう十分に生きたから」

前世を持つが故に、エリカは自分の人生に満足していた。

そして、今を精一杯生きているミアが元気になるなら、覚醒イベントを止める気にはなれなかった。

エリカは天井を見上げて涙を流す。

「ごめんね、母さん。今度は、私が先に――」

◇

ミアが覚醒を果たした時。

海中の奥底に眠っていた黒い巨大な物体が赤い光を点滅させる。

砂や岩に埋もれ、表面には貝などが張り付いたその巨大物体の中には――直径二メートルにも及ぶ魔法生物が存在した。

巨大な一つ目を見開くと、部屋の中の機器が呼応するように起動していく。

明かりに照らされた魔法生物は、ブレイブを巨大化したような姿だった。

ブレイブよりも刺々しい見た目をしており、目を血走らせてキョロキョロと動かす。

そして、大きな口を開いて笑い出す。

『――いる。いや、目覚めた。我々の希望は潰えていなかった！』

興奮する魔法生物に反応するように、巨大な物体が動き出して海底から浮き上がった。

巨大な円盤にも見えるその姿だが、欠けているようにも見える。

魔法生物は瞳をせわしなく動かしていた。

『どこだ？　どこにいる？　我らの主人たる新人類はどこだ？』

ブクブクと表面が盛り上がると、次々に魔法生物たちが生み出されていく。

床に落ちた魔法生物たちが、一つ目を見開き浮かび上がった。

全てが親である魔法生物の命令を待っている。

魔法生物が片腕を出現させると、天井を指さす。

『探せ。調べ上げろ。我らの主人を迎えに行かねばならない』

魔法生物たちが部屋を飛び出して外へと向かう。

エピローグ

バンッとドアを開け放ったマリエは、リコルヌの医務室でベッドに横になるエリカの姿を見て安堵する。

「エリカ！」

上半身を起こしたエリカは、マリエに笑顔を向けている。

「どうしたの、母さん？」

困った子供を見るような顔を向けるエリカに、マリエは呼吸を整えつつ胸をなで下ろす。

「急に倒れたって聞いて、凄く心配したのよ」

「あはは、ごめんね。何だか色々と疲れが出たみたい」

マリエは、エリカが倒れたと聞いて急いで医務室にやって来た。

エリカの無事な姿を見ると、ベッドに近付いてそのまま床に座り込み、エリカの手を握る。

「心配させないでよ」

「――だから、ごめんって言ったじゃない」

マリエはゆっくりと立ち上がると、両手でエリカの左手を握っていた。

安堵すると、クレアーレに不満を募らせる。

「クレアーレも役に立たないわね。この前、検査をするって言ってエリカをカプセルに入れたばかりじゃない。あいつ藪医者よ」

そんなクレアーレが、エリカが倒れるとすぐに動いてリコルヌに回収していた。

「助けてくれたのはクレアーレさんだよ」

「気にしなくて良いのよ。あいつら、兄貴の持ち物だし」

そして、マリエはエリカに言う。

「それより、早く元気になりなさいよ。聞いたんだけど、修学旅行は駄目になったままだけど、一日だけ学園祭をするらしいの。二学期は楽しくなるわよ」

色んなイベントが潰れてしまう中、学園側は一日だけ学園祭を行う決定をした。

マリエはエリカと一緒に参加するのを楽しみにしているようだ。

エリカはそんな母親の姿に、弱々しく微笑む。

「そうだね。一緒にお祭り――行きたいね」

「でしょ！　楽しみにしていなさいよ。兄貴にも頼んで盛大な学園祭にするつもりだから」

◇

ホルファート王国で二学期が始まってしばらく過ぎた頃。

帝国では、カールがフィンからの手紙を読んでいた。

目尻が下がったカールは、フィンからの報告に何度も頷いている。

「そうか。ミアちゃんは無事に覚醒して、病気も完治したか。うん、うん――王国に留学させて本当に良かった」

何かあれば滅ぼしてやる！　などと言っていたカールだが、半分本当で半分は嘘だ。

「あの小僧――いや、リオンもよくやってくれた。この恩には必ず報いるとしよう」

カールは、以前から王国との間でより強固な関係を築くつもりでいた。

「リオンならば信頼できる。今ならば王国と手を結べる。たとえ、新人類と旧人類の因縁があろうとも――」

カールがリオンという人物を見定めたのは、全てはフィンにも話していない目的があったためだった。

それは、新人類と旧人類が争い続けた時代まで話が遡る。

あの戦いが終わってなどいないため、カールはどうしてもリオンという人物を知りたかった。

争うのか、手を取り合うのか。

手を取り合うに相応しい人物なのか。

それを見定めたかった。

結果、カールはリオンを信頼して手を取り合う道を選択する。

「すぐに手紙を用意するとしよう。大事な話だ。会談場所はどこがいいか？　こればかりは、秘密裏に進めなければ世界が二つに割れるからな」

サラッと重要なことを言い出すカールだが、何度か頷く。

「ふむ、ミアちゃんの様子も見たいから、わしが自ら王国に出向くか？」

勝手気ままなカールが、そうしようと決めたところで、皇帝の自室のドアが何の前触れもなく開け放たれた。

入室してくるのは、銃を持った兵士たちと――騎士を引き連れた皇太子だ。

二十代後半に差し掛かる皇太子は、髭を生やしておりカールを見る目が動揺していた。

「――父上」

カールは息子が武装した兵士たちを連れて自分のもとに来た時点で、全てを察した。

「どうして今なのだ？　お前は何もせずとも次の皇帝になる身だろう。何故、わしを排除してまで事を起こす？」

皇太子とは帝位を継ぐ立場だ。

カールを排除して皇帝に成り上がらずとも、待っているだけで皇帝になれる。

更に、カールは息子に帝位を譲る準備も進めていた。

全てが片付いたその時には、息子に跡を継がせて隠居するつもりだった。

しかし、皇太子の後ろから出てくるものを見て、目を見開く。

それはブレイブを大きくした魔法生物で、刺々しい見た目をしている。

ドアの向こう側から、こちらを覗いてほくそ笑んでいた。

『皇太子殿下――そいつは裏切り者ですよ』

カールは動揺しながら呟く。

「魔法生物だと？」

カールも知らない魔法生物だった。

ブレイブのサイズに近い魔法生物たちを引き連れている。

『はじめまして、皇帝陛下。私のことは、アルカディアと呼んで欲しい』

アルカディアと名乗った魔法生物は、皇太子に声をかける。

『さぁ、皇太子殿下。裏切り者を始末しましょう』

皇太子が俯き、震えながら笑っていた。

「父上は帝国を裏切るつもりなのでしょう？　王国の英雄と手を結ぶために、第一席の騎士まで派遣した。そうなのでしょう？」

カールが息子の様子を不自然に思い、そして魔法生物を睨む。

「息子に何を吹き込んだ！」

『真実だよ。君は裏切り者だからね』

魔法生物が目を細めると、皇太子が右手を上げて振り下ろす。

「やれ！」

その瞬間、カールに何発もの銃弾が撃ち込まれた。

カールは床に倒れ込むと、自分の杖を握りしめる。

「ぐっ！」

体から力が血液と一緒に抜けていく感覚に、カールはやり残したことを思う。

(ここまで来て――わしは――ミリアリス)

最後にミアの本当の名前を心の中で呟きながら、カールは事切れてしまう。

◇

父親の死体を見下ろしながら、皇太子は血の気の引いた顔で俯いていた。

「これで本当に良かったのか？　俺は、俺は――」

自問自答する皇太子に、アルカディアが優しく語りかける。

『君は正しい行いをした。まさしく、英雄に相応しい振る舞いだ』

皇太子が両手を見ながら涙を流している。

アルカディアはそれを皇太子から見えない位置で、嬉しそうに眺めていた。

だが、声色はどこまでも優しい。

『父親殺しは辛かっただろう。少し休むといい。その間のことは、全て私が処理してあげようじゃないか』

皇太子は力なく頷く。

「そうしてくれ――俺はもう――疲れた」

周囲の騎士たちが皇太子を見守っているが、声はかけてこない。

皇太子は、倒れ伏したカールの亡骸にすがりつく。

「どうして裏切ったんだよ、父上！」

すがりついて涙を流す皇太子を眺めるアルカディアは、どこか冷めた目をしている。

そして、皇太子に言う。

『さぁ、もう休むんだ。後は全て私に任せて。――そう、全てね』

◇

二学期が始まり、しばらくした頃だった。

ミアちゃんの覚醒イベントは無事に終わり、本人も元気に走り回っている。

フィンも喜んでいるが、俺たちには別の問題が発生していた。

エリカが、学園で倒れてしまった。

それも一度や二度ではない。

あまりに不自然に思い、俺はクレアーレに再び精密検査を依頼していた。

「エリカがまた倒れたってどういうことだ？　病気は治ったんだろう？」

クレアーレから報告を聞いた俺は、距離を詰めて問い詰めていた。

可愛い前世の姪が、倒れたと聞けば心配もする。

それに、エリカは夏期休暇中に精密検査を受けたばかりだ。

クレアーレからは心配ないと言われていただけに、倒れた原因が気になって仕方なかった。

『お、落ち着いてよ、マスター。現在最優先で調査をしているから』

「当たり前だ！　あの子に何かあったら俺は——いや、マリエが悲しむだろうが」

俯いて拳を握りしめる俺を見て、ルクシオンが声をかけてくる。

『我々にとってもエリカは高レベルの保護対象です。何かあれば、優先的に対処しますのでご安心ください』

俺は落ち着くためにその場で深呼吸をする。

「——エリカは大丈夫なんだな？」

クレアーレに問うと、普段の陽気な態度がなりを潜めていた。

それがこの問題の深刻さを物語っている。

『この前に検査をした時よりも、病状が悪化しているの』

前よりも悪化していると聞かされた俺は、自分の中で処理しきれない感情をクレアーレにぶつけてしまう。

「何でだよ。もう大丈夫だってお前が言ったんだぞ！」

クレアーレは俺の怒声に臆することなく、淡々と告げてくる。

『急激に数値が悪くなっているの。こんなの予想できなかったわよ。それに反して、ミアちゃんの方はどの数字も改善しているわ』

ミアちゃんの病気は無事に治った。

しかし、今度はエリカが苦しみだしている。

俺は両手で顔を隠しながら、二人に命令する。

「マリエの奴が、エリカと一緒に学園祭を回るって楽しみにしているんだよ。それまでに治療できるか？　難しいなら、今回はマリエに我慢してもらうさ。でも、治るよな？　俺の命令なら、お前らが何とかしてくれるよな？」

そんな俺の命令というよりも、願いに——クレアーレは応えられないようだ。

『二学期までは持つわ。いえ、持たせるわ。でも、このまま何もしなければ、三学期を迎えるのはまず不可能よ』

俺が唖然として声も出ない中、ルクシオンが提案してくる。

『マスター、エリカの隔離、もしくはコールドスリープを提案します。これで少しは時間を稼げるはずです。その間に、解決策を探します』

俺は俯くしかなかった。

「眠っている間に治療法を見つけるのか？　何年かかる？」

どれだけの時間をかければ治療できるのか？

答えたのはクレアーレだが、俺の予想していたものではない。

『——昔、コールドスリープで魔素から逃れようとした旧人類たちがいたわ。魔素の濃度が下がるまで、眠ってやり過ごそうって』

「俺の質問に答えろよ。どうして、その話をする？」

嫌な予感がしていたが、どうやら的中していたらしい。

『コールドスリープで眠った旧人類は、魔素の毒にやられてほとんどが死に絶えたわ。生き残っていないと思う。エリカちゃんを眠らせても、残された時間は数年よ』

「嘘だよな？　ルクシオン!?」

問い掛けると、ルクシオンが言い難そうに答える。

『クレアーレのデータを確認しました。全て事実です。そして、数年の間に治療法が見つかる可能性は高くありません。最善は尽くしますが、間に合うと断言できません』

「はは――あははは！」

急に笑い出す俺をルクシオンが心配してくる。

『マスター？　しっかりしてください』

ルクシオンたちの話をマリエに告げると思うと、今から胸が締め付けられる。

あの馬鹿妹が、あんなに純粋に喜んでいる姿を見たのはいつ以来だろうか？

俺は両手で顔を覆う。

「――何で次々に問題が起きるんだよ」

あとがき

ミレーヌがメインとなった十一巻は楽しんで頂けたでしょうか？

いつかミレーヌをメインにして書こう、と思っていたので今巻で願いが叶って自分も嬉しいです。

Ｗｅｂ版で登場してからずっと人気のキャラクターでしたからね。

書籍化でイラストが用意されると更に人気になり、コミカライズで更に人気が加速した印象が自分にはありますね。

今巻は全て書き下ろしとなっておりまして、Ｗｅｂ版から幾分かマイルドになっているかも？　そんなわけで、もっと過激なミレーヌが読みたい！　という読者のみなさんには是非ともＷｅｂ版を楽しんで頂ければと思います（笑）。

それから、モブせかのアニメ二期が決定いたしました!!

まさか二期まで制作されるとは思ってもいませんでしたから、原作者としては大変嬉しく思っています。

これも応援して下さったみなさんのおかげです。

本当にありがとうございます。

今後も頑張りますので、是非とも三嶋与夢をよろしくお願いします！

GC NOVELS

乙女ゲー世界はモブに厳しい世界です★11

THE WORLD OF OTOME GAMES IS A TOUGH FOR MOBS.

2023年1月5日初版発行
2023年3月1日第2刷発行

著者 三嶋与夢（みしまよむ）

イラスト 孟達（モンダ）

発行人 子安喜美子

編集 伊藤正和

装丁 森昌史

印刷所 株式会社平河工業社

発行 株式会社マイクロマガジン社
〒104-0041 東京都中央区新富1-3-7 ヨドコウビル
［販売部］TEL 03-3206-1641／FAX 03-3551-1208
［編集部］TEL 03-3551-9563／FAX 03-3551-9565
https://micromagazine.co.jp/

ISBN978-4-86716-367-2 C0093

本書は小説投稿サイト「小説家になろう」(https://syosetu.com/)に掲載されていたものを、
加筆の上書籍化したものです。

ファンレター、作品のご感想をお待ちしています！

宛先 〒104-0041 東京都中央区新富1-3-7 ヨドコウビル
株式会社マイクロマガジン社 GCノベルズ編集部「三嶋与夢先生」係「孟達先生」係

右の二次元コードまたはURL（https://micromagazine.co.jp/me/）をご利用の上、本書に関するアンケートにご協力ください。

■ご協力いただいた方全員に、書き下ろし特典をプレゼント！
■スマートフォンにも対応しています（一部対応していない機種もあります）。
■サイトへのアクセス、登録・メール送信の際にかかる通信費はご負担ください。

THE WORLD OF OTOME GAMES IS A TOUGH FOR MOBS.